U0738692

青春 是一场 春梦 刘二囍 著

WHERE HAVE ALL THE FLOWERS GONE （修订版）

南方出版传媒
花城出版社
中国·广州

图书在版编目（ＣＩＰ）数据

青春是一场春梦 / 刘二囍著. -- 修订本. -- 广州：
花城出版社，2015.11
　ISBN 978-7-5360-7562-7

　Ⅰ. ①青… Ⅱ. ①刘… Ⅲ. ①随笔－作品集－中国－
当代 Ⅳ. ①I267.1

中国版本图书馆CIP数据核字(2015)第235569号

出 版 人：詹秀敏
责任编辑：欧阳蓊　李珊珊
技术编辑：凌春梅
封面设计：棱角视觉

书　　名　青春是一场春梦
　　　　　QINGCHUN SHI YICHANG CHUNMENG
出版发行　花城出版社
　　　　　（广州市环市东路水荫路11号）
经　　销　全国新华书店
印　　刷　广东新华印刷有限公司
　　　　　（广东省佛山市南海区盐步河东中心路23号）
开　　本　880毫米×1230毫米　32开
印　　张　8　1插页
字　　数　200,000字
版　　次　2015年11月第1版　2015年11月第1次印刷
定　　价　28.00元

如发现印装质量问题，请直接与印刷厂联系调换。
购书热线：020－37604658　37602954
花城出版社网站：http://www.fcph.com.cn

「目录」

1

2

3

4

5

附录：

做个有意思的人　为城市点亮一盏灯

刘二囍：　人生不停专注于『业余』

不打烊书店掌柜：　相信书店不会灭亡

220 206 192

再见青春。

似水流年（序一）

　　现在进入一个读图时代，我一直以为很难会有人能耐着性子读完这样一部非常个人化的书。然而，只要沉下心多读一些文字，在广州炙热的初夏，就会沉浸于《青春是一场春梦》的呓语中，心里便放映着一些迷离的黑白片，让人舍卷不能。

　　很多经历，我们和作者相似。20 世纪 90 年代末来到广州，在曾经质朴无华现在看来光怪陆离的社会里，封闭在自我构筑的建筑师梦想中，自我放逐。广州这座城市和作者笔下的那所学校，是所有故事发生的幕布，能卷起很多来自外省，在珠三角学习和生活的，小的中的老的青年的共同回忆。

　　很多故事，我们没有作者细致。"青春起航""青春成长""青春张扬""青春怒放"和"青春散场"，诸多情节，如一幅幅认真摹写的素描，工整而又立体。让我们那些只有炭笔刷刷两下留下的青春记忆，有了可以寻迹的参照。两相对比，就生动了许多。

　　我第一次见作者，是亚运前夕，在广州大剧院工地上，他头戴安全帽，夹着一卷图纸，彼时，作为一名助理建筑师，他驻场协调着工程中大大小小的事务。我第二次见作者，是前不久，在1930cafe – wine 里，他客串服务员，与客人谈笑风生，彼时，作为一位咖啡馆店主，他主理着这个洋溢民国风情的清吧的运营。写文字的建筑师，很少。成都有位刘家琨，曾经写过小说，在成都的文学圈子里很有名。我不知道作者是否会离开建筑师的职业，又或者学刘家琨在文学的世界中浪迹一番，又回到工程。经历无疑总是最吸引人的，没有终点，没有确定性，没有一丝半点的计划，抵抗着正统建筑学教育留下的工程师痕迹，充实着作者的人生。这是我最佩服他的地方。

宋刚

建筑师、教师

2012 年 5 月于华南理工大学

如花美眷（序二）

情人节凌晨，雨声中铺开一张白纸来给刘二囍的青春祷词写序，我已经离开广州三年了。

其实，对任何一个女生来说，青春回忆中有闺蜜，有蓝颜，就不枉了那时的如花美眷。似水流年，毕业五年，闺蜜做了我的伴娘，蓝颜从建筑师角色抽身，成了咖啡店掌门人，实现华丽的转身，而我在这个异乡的夜晚，再次温习起书中青春做伴的年代，兀自地想起一句话，"独自牛逼的时光，不如一起傻逼的岁月"。

那个时候的二囍有很病态的恋旧癖和与他的戾气不相匹配的敏感，以至于在他大五快要毕业，在博客上码出这本书中的文字时，周围的人都在揣测他的小宇宙是如何清楚地记得那些被人淡忘的芝麻绿豆，同时又很庆幸生活中有这样一台留声机，不至于让我们走得太快，快到逝去的那些美好都宛如春梦一场。

那个时候的二囍还很自我。他真实地记录下交织成他生命过往的细枝末节，并非为了要取悦什么，只是单纯地因为及时行乐过，因为年轻才可以买一张绿皮硬座就远走他乡，不管他乡是有姑娘，还是有心中的远方。

　　二囍说，如果对我深情表白的话，他希望他的大学只有四年。我说，如果我对他深情表白的话，我会永远珍藏四年里的那些属于我们的白净无邪的黑夜和黑涛汹涌的白昼。

　　致我的蓝颜，还有我们红尘做伴的青春。

未小央

2012 年情人节凌晨

花样年华（自序）

转眼，又要到六月。

毕业即将四年，关于校园，从最初的念念不忘，到后来只是偶尔闪现。那些欢笑着走过中山像的姑娘已经拧结成了记忆中的花手绢；那些把守着 27 号楼大门的阿姐阿妈与我们也彼此淡忘了容颜；那些关于青春的冲动和梦想，像跳过东湖水面的石头，激起涟漪又消失干净，再也看不见。

四年前的这个时候，作为即将告别校园挥别青春的毕业生大军中的一员，离别愁绪开始蔓延，我沉浸在回忆的漩涡，且不能自拔。在很多个夜晚，欢歌载舞归来后，笔耕不辍，挑灯夜战，用文字整理了生活点滴，回顾了大学五年，希望以这种传统的形式把一些事情记录下来，可以在生命旅程里刻下更深的印记，以便将它们当作一笔财富珍藏在青春的记忆里。

青春是一场春梦，总让人回味无穷。几年前的那个夏天，在青春殆尽之际，我通过对读书期间平日点滴的记录以及毕业前夕对大学时代的整体回顾，在梦醒时分，以随笔的形式对这场春梦进行了一次温存。如今旧文重提，整理成书，公开示众，权作告慰那些远逝的青春岁月，并与站在青春远逝边缘的人共勉。同时，也算是与校园、与青春的再一次道别。

这些文字，涉及到一个初入大学的懵懂青年对校园的初始印象，或新奇、或美好、或木然、或失望。继而，对象牙塔曾经心存的纯净幻想，随着相见、相识与相知，或变质、或扭曲、或破碎、或走样，也或升华、或沸腾、或高涨、或绽放。或许每一个刚刚迈过中学时代的门槛，跃入龙门走向崭新征途的青涩男女都一样，对接下来的生活都怀着无限憧憬和向往，同时也因未知而彷徨。还记得，很多年前的那个夏末秋初，我的心口被填得满满当当，它们是迷茫与梦想，却由于不知道梦想在迷茫的途中如何安放，在迈进的路上总是有些张皇。

　　其实，前行的路上，不必惊慌，因为青春就是一种力量，只要那满腔的力量能够挥洒在对的地方。

这些关于五山路381号大院的文字，充满回忆的气息，是青春的痕迹。对于即将到来的新人，你们迎来另一场青春的延续，这些可作为提前了解未知生活的前戏。对于正在停留的人，你们荡漾在青春高潮里，这些类似的际遇很快将成为一段专属于你的生活经历。对于已经离开的人，你们丧失了青春纵情的权利，只剩下激情之后温存的气力，这些也只能带你回顾过去把这一切定格在回忆。

　　即便青春是过眼云烟，却熏出了抹不去的黑眼圈；即便青春是水月镜花，却倒影出了生命中花样年华。

　　即便生命昙花一现，青春依然是一场盛宴。

做现实的理想主义者——再版序

　　十年前的昨天，我刚好二十岁。

　　生日的前半段，我在热腾腾的绿皮火车里度过的，顶上的吊扇在咯吱咯吱做声，对降温似乎起不到丝毫作用。青春的肉体载着一颗去远方的心，在大学第一个暑假的尾声，我奔往了杭州城，只为那一汪数次出现在我梦境中的西子水。

　　出了火车站，马上赶到西湖边，驻足良久，顿感饥肠辘辘，于是，跑去附近的一个小商摊，没一会，在水边的一个古亭里我开始了午饭，手中端着的是一盒泡面。为了梦中的场景，我长途跋涉来到杭州只为一睹西湖，而囊中羞涩，只好以泡面充饥。在我的二十岁，眼前的西湖是我的情怀，而手中的泡面是我的现实。

　　晚上，我回到火车站旁边的小旅馆，三十块钱一晚。躺在不足四平方米的密闭房间内，迷瞪中，一阵缓和的敲门声，起身开门，迎来了依靠在门框边的一位半老徐娘，她快步走到我的床头，低声细语地问我需不需要放松放松，三十块钱一次。二十岁尚不谙世事的我，第一遇到这茬事，刚刚躺在床上寻求来的放松一下被她口中的放松驱逐殆尽，马上紧绷，脑海中各种仙人跳的画面涌现，赶紧回绝把她推出门外。那一晚，三十块钱，既是我的现实，也是她的现实。

　　二十岁的生日，是清晰的，是孤独的。我不是一个爱闹腾的人，尤其在自己的生日上，那一天通常会在不知不觉的悄无声息里溜掉。我只是会在每一个十年，以及每一个本命年对生日会格外留意。所以，在这十年里，第二个让我深刻的生日是在 2008 年了，那一天我二十四岁，人生的第二个本命年。前一天，刚好领到了人生的第一次月薪，不足三千元，除去房租和常规费用，手头也只剩下五百可以灵活使用，经过几番思想斗争，我铆足了劲，想要通过物质的犒赏来深化这一个日子的意义。当天买回了一条银链子，作为送给自己的生日礼物，花去了四百八十块钱，定格了自己的二十四岁。直至今日，它依旧环绕在我的脖子上，我希望它可以永远停留在那里。现在看来，这不过是一条廉价的银器，可是，在我心中，它早已无关于金钱无关于成分，它是我的二十四岁。

在二十四岁那天，作为一个为自己买完生日礼物可流动资产仅剩下二十元的人，我甚至无力款待宾客。一个几近一无所有的我，开始畅想六年后，希望在而立之年的自己可以收获满满，在这个城市不再有虚无感。我期待着那一天的到来，盼望着自己可以成为一个有作为的人，对得起"而立"二字，心想着倘若得逞，则大宴宾客。转眼，六年已去，昨天，年满三十。我虽自认为达到了当初对自己的期求，做了很多自己喜欢做的事情，并且做出了意义，却无暇分神顾及宾客事宜了。我本以为，我会在自己的凝重里审视过去，结果被一群宾客宴请，神秘的惊喜也几乎致使我喜极而泣。比起十年前，我没有再次孤单。比起四年前的礼物，这一次更具有依附性，即便是想要摆脱要不能得逞。我二十九岁的生日愿望就是在三十岁前完成徒步环岛台湾，并以此作为自己三十岁的礼物。目前，在我看来，这是一份最好的礼物，即便它不催生出《陆人甲，路人乙》这本书，即便它不引发出 1200bookshop 这间店。一场说走就走的暴走，浓缩了热血与激情，承载了我对年轻的理解，这是我眼中青春本该拥有的面目。

倜若问我三十岁的愿望，我想，除了做一个商人我更要做一个路人，生意的经营只会成为我生活的局部。之前在台湾出版的《十八个中国》记录了我所触及到的十八个大陆省市，刚好最近要出简体版了，这让我觉得有必要补上余下的省市，在中国的版图内的大城市里，我还有福州、南昌、南宁、贵阳、海口、拉萨、乌鲁木齐、兰州、宁夏、呼和浩特、哈尔滨、大连、青岛、太原、石家庄、天津没有涉足过，我希望可以在三年内将把对这些城市的观感体验记录成另一本书，这样，我便可以用两本书作为实现走遍中国梦想的纪念品。走遍中国，这是我在少年时期就萌生的愿望，而环游世界在当年看来还是一个遥不可及的梦，并不觉得可以实现。如今，走遍世界让我有了真切的可行性，它至今依旧释放着强大引力，催使我去身体力行。无论，环游世界是否已经沦为一个众生泛滥的媚俗梦，我都要去践行，我觉得这是对自己生命的一个起码交代。

今天，回顾以前的日志，我翻阅到了曾经的一段话，写在 2012 年 6 月："我想我一定要在实体书店这块做出点贡献。因为我要做个有文化的个体户，即便我匪气氓性与低级趣味根深蒂固。商人本身就被贴上了一个唯利是图的标签，被赋予了铜臭的低俗味。而我所努力想要做到的就是在这个铜臭的基调上增添一些雅致，争取让自己成为一个打完飞机能弹钢琴，看完毛片能听歌剧的人，高雅与低俗兼具。"如今，第一句已经实现，那么"高雅与低俗的全能者"依旧是我需要深化的目标，现在就把它当作新的生日愿望之一好了。

飞机和毛片是粗鄙的生理需求，而钢琴与歌剧是泛光的精神养分，这如同经营 1200bookshop，餐饮是现实需求，而图书是情怀释放一样。这几天，看到陈定方的一个访谈，在 1994 年，刚好距今二十年，中大出身的她在康乐园边创办了学而优书店，几经沉浮，依旧坚守在这个城市做着实体书店。所有决定做书店的人都心怀着理想主义的成分，可在后期的经营中，为了生存，绝大部分人不得已会成为一个实用主义者。文中，让陈定方在理想主义与现实主义中做出自己的类型选择，她给了"有理想的实用主义者"这一答案。这在一定程度上，同样是我对自己的期许和定位。

作为 1200bookshop 的创办人，我不清楚二十年后，在广州这个城市是否还会有 1200bookshop 的存在，但是，我清楚的是在那个时候，在那个年纪，五十岁的我依旧会努力让自己成为一个有情怀的现实主义者，一个实用的理想主义者。

作为一个写书的人，我开了书店，自己的书成了畅销书，于是，加印在所难免。编辑告诉我，为了应对市场，《青春是一场春梦》要出修订版了，让我写上一篇前言，我想那就把这篇三十岁的生日感言作为前言好了。

刘二囍 2014 年 8 月 21 日

引言　六月气息　离别旋律

　　六月的空气里，除了炎热的味道，更有离别的气息，青春散场成了六月的主旋律。每一年，一群又一群制服男女在校园里到处奔走，图书馆、正门口、系楼前、小湖边，搔首弄姿、花枝招展、故装笑脸，然后背着行囊挥手再见。那些洋溢着青春气息的面孔，盛夏之后就消失了踪迹不再出现。望了别人四年，终于轮到我们说再见。再见，而再见又是何年？

　　五年前，当我初来到校园的时候，时常站在东湖的尽头，仰望东二宿舍楼南端的九九级建筑学寝室，觉得大五遥远而深邃。而五年后的现在，站着大五尾巴尖上的时候，我即将完成角色的转换。

而这个转换的过程，则成为了生命记忆中永远的沉淀。我们成了校园的过客，校园却成了我们的永恒。

"下一站系南方理工大学，要落车既乘客请准备。"在这个熟悉声音的伴随下，一代又一代人走进南方理工大学。而大学是座围城，有人进就要有人出，很少人可以踏进围城之后就不再出来。几年前，234路与41路公交车将无数满怀憧憬的少年从火车站或东站载到南方理工大学正门前，我们踏上了这个梦想升起的地方。然而，这个地方只能作为一个新的起点，而非终点。或许我们和校门广场隧道下面的41路、78路、197路和234路车一样，南方理工大学只是作为一个中转站，不同的是我们在这个站可以停留四年或五年。我们没有22路车的运气，把这里作为终点站。有一天，当我们坐着22路车离开，不再回来的时候，我们不是去岗顶，不是去天河城，不是去中华广场，也不是去北京路，我们只是离开，离开这个我们绽放过青春花朵的地方。（注：22路车于2011年5月27日走完它走了五十九年的漫漫长路，宣告停止运营，最终也难免谢幕，不能永恒。）

别了这个六月，也别了青春。五年前的六月，结束中学时代，挥手再见，青春在延续；五年后的六月，挥手再见，青春在远离。两个六月之间，天空的颜色在不断变幻，呈现着不同的色彩。大学前的天空是白色的，仰目远方，脑海中充满无限遐想。大一的天空是橙色的，生活新鲜而灿烂，内心蓬勃而向上。大二的天空是绿色的，青春开始成长，荷尔蒙高涨。大三的天空是蓝色的，现实在逼近，理想的光芒慢慢暗淡。大四的天空是灰色的，在选择中迷茫，在矛盾中彷徨。而如今却不清楚大五的天空是什么颜色，只能任凭青春的别离气息在空中飘荡，也只能任凭泪水湿润眼眶。

大学的最后一个学期几乎一直在忙碌着毕业设计，沉浸于学生的角色，甚至无暇顾及几个月后的离别。进入六月，毕业忽然就被推到了眼前，来得有些猝不及防，如同少男时代的第一次梦遗一样，还没能做好足够的心理准备，哗地一下就到了那个转折点的年纪，于是，青春就要这样被界定在了毕业内外。

青春很少，记忆很多。五年弹指一挥间，匆匆而逝。转眼到了别离的时候，我们要带着用青春换回的记忆上路了。我会记得提着行李初入南方理工大学的茫然，我会记得在27号楼通宵的夜晚，我会记得在北湖边漫步的浪漫，我会记得第一次与某某某或某某的谋面，我会记得宿舍楼下老伯的盒饭，我会记得城中村小三川餐馆的女老板，我会记得812寝室的彻夜卧谈，我会记得室友此起彼伏的打鼾，我会记得麦兜生日会的感言，我会记得毕业前的狂欢。我会记得这里所有的一切，与青春相关的日子。

如果时光可以雕刻，那青春必将是经典的杰作。如果时光可以倒流，那青春必将是拥挤的巷口。如果时光可以估价，那青春必将是昂贵的奢华。

如果，青春是一场春梦，我愿长睡不醒。

即便 生命 昙花 一现 ，
青春依然是一场盛宴 。

大 一
青 春 起 航

一 | 初来乍到　诸事难料

2003 年 8 月 28 日，启程。T159 上，二十个小时，经过一个不眠夜，跨越一千五百公里，次日，抵达广州东站。三千里路，这是大学生活开始之前远行的最大距离。

当时，这所南方理工科学校的南门广场正逢改造，旧校门拆除，新校门尚未竣工，处于青黄不接的尴尬时节。我和父亲提着大包小包的行李，绕过施工现场，步入南方理工大学校园。校园内招待所均已客满，无处落脚，在师兄的引导下，我们当晚住在天河客运站对面的阳天酒店。这个客运站偏居于校园北区北门外，周边环境脏乱，犹如城乡结合部，鱼龙混杂，路边购得康师傅绿茶的山寨版康帅傅绿茶两瓶，五味俱全。

　　30 日，报到注册的日子，西湖厅前，人潮涌动。炎炎烈日下，随处可见两代人的身影，这成了一道独特的风景。上一代的身体总是肩负着绝大部分的行李，旁边跟着稚气未脱的青涩面孔。对于下一代，他们始终流露着关爱的眼神，叮嘱着关切的话语，恨不得为自己的孩子担当起所有的负重，辞别之后，他们的肩膀无法再为其执行庇护了。如今，在我们即将离开校园的时候，回想起初入校园时候的这一道风景，心中总会有一种无言的痛。

　　我们这一级没有赶上好时代，均被发配到了北区。早些年，北区属于整个校园的西伯利亚，是仅存的一块尚未被开垦完毕的荒郊野岭。随着学生会的人到了这块偏远之地，我和父亲扛着行李吃力地爬到八楼，推开 812 宿舍的门，空无一人。这是个全新的宿舍，新的床横在中间，尚没有固定，连床板都没有铺好，就这样我们成了这块处女地的第一批主人。把行李放置停当，出门望遍左右几个宿舍，唯见麦兜一人，就这样我和麦兜成为彼此相识的第一位同班同学，而这份巧合也成为了两个人以后彼此劝酒的最好理由。陆陆续续，宿舍四个人到齐了，两个广东人，两个外省人，各自用带有乡音的普通话生硬地相互介绍一番，算作礼节，尚未脱离青涩的四个懵懂少年，并无太多言语。

　　晚上，送别父亲，只剩下自己一个人在这个陌生而遥远的城市了，望着远去的背影，泪水在眼眶里打着转，努力克制着不流下来，因为刚刚承诺过要坚强。但是，最终泪水还是夺目而出。隐忍总是件痛苦的事，忍泪与憋尿是一个道理，泪腺或前列腺达到某个层面就会失控。

31日，学院召集全班同学见了个面，三十二人，十七个女生，十五个男生，有些出乎意料，没想到建筑学专业在以阴阳失衡闻名的理工科大学，竟有着如此和谐的男女比例。第二天，进入九月，新的学期算是正式开始了，大学生活也就此拉开序幕。

起初，我们对大学的期待往往会如建筑方案时期的效果图般美好，天蓝水绿人美，树阴里只有喜鹊没有乌鸦，草丛里只有白鸽没有狗粪，广场上空飞的是风筝而一定不是一次性塑料袋。然而，实际上大学只是建筑落成后的模样，千疮百痍，遍体鳞伤，两者的差别就如同一个姑娘化妆前后一样。

之前总是充满幻想的，而幻想一向都是富有欺骗性的，那只是意淫者自作多情的游戏，与现实往往是大相径庭的。施工中的南门广场、破败的西湖厅、荒野的北区、沙尘飞扬的足球场、乡村中学级别的篮球场、周边是脏乱的天河客运站以及狭隘的崎岖的东莞庄路，这便是我对这个校园的初始印象。

面对曾经朝思暮想的象牙塔，身处憧憬已久的大学校园，内心却不激情也不澎湃，现实与理想的落差致使的失落感油然而生。这也决定了我的大学生活是从埋怨的心态下开始的，然而，没有想到五年后所有的怨念都已经变为了依恋，爱与恨的转换竟变得如此简单。

二 | 定居北区　五年租期

　　那个时候，北区是一番大兴土木之后的景象，正从一片荒野中逐渐走向发展。北湖边的水上高尔夫球场正在兴建，老字号奉天餐馆尚在北区门口并非城乡结合部上的娼妇路，多品美超市的旧址上是一排以奉天为首的餐馆，还记得中间理发店的一个洗头妹具有很高的吸引指数，大二后就不知了去向。

　　说到奉天，南工人对奉天甚至是迷恋着的。它一直是南工人青睐的餐馆，这不仅是因为客观上的价格和风味，甚至是上升到了精神意识层面。或许每个校园都有这么一个场所，记录了学生时代的欢庆，承载了一代代学生的眷恋。由于历史的原因，奉天这两个字已经在南方理工大学一代代人的脑海中刻下了印记，一个毕业后的南工人，是不会不对奉天有印象的。奉天的历史或许已经融入到这个学校的近代史中了。所以在奉天偏居一隅的今日，仍旧能够生意红火，南工人总是络绎不绝。

而如今，人非物也非，校园早已旧貌换新颜，北区又林立了一批宿舍楼，西区操场上的尘土终于不再飞扬，东区多了一个庞然大物耸立在校园的主轴线上。

由于宿舍是在荒野的北区开辟的新大陆，我们是第一批进驻这栋宿舍楼的，比起后继者，我们要暗自欣慰，因为在同样的住宿费前提下，我们使用的是一手房，而他们使用的却是二手房。新宿舍突破了旧有模式，告别了上下铺的时代，每人拥有一个独立的角落，上面作为床榻，下面作为衣柜书桌。对于这般物质文明的进步，人们理应感到开心，可是我还是觉得有点遗憾，因为这样《睡在我上铺的兄弟》这首经久流传的具有集体共鸣的校园金曲就丧失了时代背景的支持。

然而，新时代下的宿舍，并没有完全与时俱进。我们宿舍在八楼，一共九层，只有楼梯没有电梯。建筑设计规范明示，对于九层以上的学生宿舍才有安装电梯的必须要求，这样我们就成了临界值的受害者。

宿舍顶上有把吊扇，位置好像是经过精心设计一样，因为三百六十度无论朝着哪个角度吹，任何一个床铺都感受不到风。而卫生间的蹲厕也别具一格，虽是冲水式蹲厕，却没有冲水阀门和按钮，只能使用人工冲洗。

宿舍区内男生宿舍楼林立，女生宿舍楼罕见。大部分男生宿舍的对景只能是男生宿舍，对于很多雄性物种来说，倘若能够从某个楼缝之间望见女生宿舍，那也犹如一线江景一样珍贵。所幸，在入住两年之后，得益于一楼之隔的宿舍楼更换了性别，我们拥有了个二线江景。于是，在炎炎夏日的午夜，望远镜便纷纷闪现。

曾经初入宿舍的一些见闻还历历在目，如今五年租期已过，转眼就要关上门，移交钥匙于他人了。有时很想知道被自己破了处的铁床以后会被哪个男人再次睡上，还畅想着很多年后的一天，可以故地造访，然而，却又担心自己没有勇气走上八楼，承受不了那种物是人非的视觉冲击。

数年后，宿舍角落里的铁床还在，门前草地上的石头犹存，房间里的那些人儿却已经了无痕迹。

三 | 社团组织　有所不齿

开学伊始，学生会三个字成了高频词汇，各个组织部门开始大张旗鼓，广播里吆喝，饭堂前摆摊，招募新人。

对当时的自己来说，加入学生会尚属于一件严肃的事，因为总觉得学生会是大学生涯中必不可少的组成部分，可以进一步学习新的东西并充实自己。慎重起见，咨询身为高中校友的大四师兄意见，然而，得到的反馈信息出我意料，他说学生会是不来劲的地方，甭指望学到什么东西，进去玩玩还差不多，要实在想入就去公关部这种人气比较高、娱乐比较多的地方。他的世故言论无法让我信服，这更使得我执意不从，于是，我像挑选专业一样，本着根据个人的兴趣与特长的原则，选择相应的部门。其实我当时真的没有什么兴趣和特长，选部门基本是凭着想象跟着感觉走。事实证明男人的第六感觉往往是不靠谱的，我的第一次选择就埋下了败笔。

在学生会期间，当发现不了领导的魄力，感受不到女同事的引力，察觉不到男同事的活力，只剩下压力的时候，再继续本分地坚守在这里已经没有必要了。于是，在没有辞退的情况下，我成了站着茅坑不拉屎的主，挂着虚名，不干实事。

对很多人来说，学生会是收获师妹的好圣地，学生会是扩大社交的好场所。除这两点以外，余下的基本都是差评了。在我看来，把进学生会的出发点，由学习新事物完善自己修整为拓展自己的人际圈结交一些志趣相投的人，或许会更靠谱。

我们时常可以看到一些学生会的主席或部长口中充斥着假、大、空的话语，满嘴跑火车，一身官僚气。记得一次吃晚饭时，旁边桌子是学生会年底聚餐，流程如下：先由主席举杯感谢大家一年来的友爱互助，接下来每人轮流来到主席面前举杯致辞，每人必感谢主席一年来英明领导和提供这么一个珍贵的聚会机会，最后由主席做总结发言，希望大家来年工作更积极，吃饭的流程都很有官僚主义。

大学前我们以为学生会是一方净土，读完大学后我们才知道这里充满利益权术。这种无奈与愤怒就像大学前我们想着要去报效祖国，读完大学后我们能做的事只能是爆笑祖国了；就像大学前我们以为他们是衣食父母，读完大学后我们明白了他们连孙子都不如；

就像大学前我们对"和蟹"这俩字充满向往，读完大学后我们对"和蟹"这俩字恨之入骨。

忽地发现我几年后的言论与当年的师兄高度统一起来，消极而浅俗。时间打翻了我们的青春，溅了一身凡土俗尘。

与学生会齐名的词汇莫过于老乡会了。大学刚开学的日子，也是老乡互相联络拉帮入会的疯狂时期，到处可见上一级的师兄师姐奔波于各个新生宿舍楼，联络感情，蔚然成风，只是其中不乏部分不良师兄在暗中扫瞄并物色师妹。当然，在南方理工大学这个男女比例严重失调的地方，师姐猎寻师弟的情况应该是罕见的，也只是存在理论上的可能性。比起学生会，老乡会是一个让我受益更多的组织，大家相互帮助，彼此之间的多了坦诚少了功利。记得，来到广州的当天晚上，曦哥——作为同一个中学的00级师兄，带上当时大三的升哥和研三的勇哥请我跟我爹在东莞庄的穗香吃饭，美其名曰迎新，这也是我在广州的第一顿饭。席间，只听众师兄教诲，唯有点头是诺。我很荣幸，当我初到广州的时候，有这么几个高年级的师兄盛情款待，而且一直心存感激，直到今天依旧是。

相对而言，老乡会这个民间组织比学生会这个官方组织实在多了。只是后期也逐渐遭酒场潜规则侵蚀，礼数太多，我便越来越疏远。

四 | 爱情懵懂　青涩隐痛

　　记得大学里的第一个周末我是在百无聊赖中度过的。初入大学的孩子们，不仅内心是孤独的，从里到外整个身体都是孤独的，渴望依靠，寻求爱情。而我，也在劫难逃。

　　最开始的一个月，我怀着对爱情无限期待与憧憬的心情去和一个女生约会，她是我进入大学后认识的第一个姑娘，在我眼中她就像粘着水珠的玫瑰花儿一样，红彤彤的没有丝毫尘埃。在周边充斥着雄性气息的环境下，她显得更加芙蓉出水了。

　　其实，在未入学之前，就已经与她相识，只是不曾谋面。在高考放榜后的日子，我浸泡在学校相关的论坛，期待着从中汲取些未来生活的信息，以及结识些同道中人，在新生的一个召集帖子里，两个人顺理成章地凑到了一块，交流比较投机，于是，两人约定好广州会面。

我天真的以为这就是缘分，上天赐予的恩惠，我一定要好好珍惜，认真对待。献花献草献殷勤，陪吃陪逛陪暧昧，我以为这样会水到渠成。然而，一个月后，当自己亲眼见到她依偎在另一个陌生的肩膀下的时候，错愕不已。我紧握着拳头准备冲上前去，被同行的人拉住，最后拳头砸在了宿舍大院的铁门上，它掉了一块漆，我掉了一块肉。在这场爱情追逐中，我很快被淘汰了，对手是一个计算机学院的男生。当时我在疑惑，自己占据了她课余时间的主要时间段，基本每天都会碰面，以为我们是在一对一地进行约会，没有理由会忽然冒出一个。后来明白，在理工科大学，一个女生同时要肩负着与 N 个男生约会的重任，以寡敌众，有些人甚至都要为此加班加点。

这朵玫瑰虽无毒，却用针尖狠狠地刺痛了我。那晚，彻夜无眠。一早爬起来，跑到校门口随便搭了辆公交车，之后，开始了一天的公交车之旅，从一个起点一直坐到终点，然后换乘，再从另一个起点到终点，就这样穿梭在当时还très陌生的城市里。车窗外车水马龙，望着高楼林立，熙熙攘攘的人群，内心感到更加的无助与空旷。

胸中一团怨气无法释放，整个人变得异常惆怅。试图去寻找一个排遣孤独与阴郁的方式，填补上这个被撕裂的缺口。那个傍晚，经历了整整一天的公交车之旅后，我在 296 路的终点站下车。躺在奥林匹克体育中心旁边的草坪上，突发奇想，拿着尾号为 6012 的手机尝试着与尾号是 6011 的人互发短信，以此寻求慰藉，所幸得到了呼应，于是就这样跟一个陌生人通过短信打发了一个晚上，重要的收获是她不经意的言语抚平了我内心的那块创伤。

第二天，我心平气和地回到了一个人的生活，不再因她而精神恍惚错乱，只是对待爱情的观点发生了很大的扭转。从此以后，我开始质疑缘分这两个字眼，以致后来对缘分异常鄙夷，甚至认为缘分没有任何价值。客观上说一个人和任何他所认识的人都有缘分，因为在他来到这个世上之前他谁都不认识，包括父母，后来无论他和谁的相识，那都是因为缘分。缘分既然如此泛滥，也便一文不值了。

与她，余下几年从不主动往来，只是偶尔可以在校园内相遇。虽然是同年入学，但由于我的专业是五年制，要比常规的本科专业迟一年毕业。在她要临近毕业的那一年，想到那个七月之后，或许此生将不再擦肩。5 月 28 日，她毕业离校的前期，我发了条生日祝福的短信给她，她没有料到我还一直记得这个平凡而专属于她的日期，她回复说："真的没想到你还记得，谢谢谢谢谢谢。"是的，我记得，有些事情是时间无论如何也冲洗不掉的，就像作为我大学的第一次挫败一样。

后来总结了下，这次败北几乎是注定的，因为当时的自己，由于经济上的羸弱，眼界的狭隘，连请姑娘看场电影的豪气都不具备，购买情侣物品还心想着与对方参股，约会请吃饭只限于麦当劳以下层面。舍不得孩子套不到狼，同样，舍不到人民币套不到孩子娘。

五 | 断情中山　坚守五山

一个月后，大学第一个十一黄金周假期到了，我只身一人前往珠海与中山大学幽会，这是蓄谋已久的事了。

对于中山大学，我心里一直有个结，这次过去是想着把它给了却了。虽然素未谋面，却已经与其有了三年的感情纠葛。高一的时候，书店里有一套关于中国十大名校的系列丛书，其中一本说的正是中山大学，而在那之前我曾听说过中大的老校区古香古色，新校区背山面海，是全国最美的十所高校之一，于是，我就买下了它，每每翻阅，越看越入迷，后来索性将其放置于床头，终日为伴。在我尚未踏入广州之前，就已经通过书中的插图基本熟悉了中大的校园环境，以致一些场景频频出现在梦境之中。时常边捧着那本书边憧憬着象牙塔，那本书成为了意淫大学最有利的作案工具，逐渐衍变成了励志书籍，成为了我学习动力的重要源泉。一想到倘若不在这样美轮美奂的校园有段经历的话必将此生悔憾，就会马上投入于茫茫题海，埋头于万卷书之中。

我常戏谑说自己暗恋了中大三年，从高一开始一直持续到第一次高考的结束，高三那年我数次梦到自己置身于中大校园，或面朝珠海校区的浩淼大海，或张望广州校区的滔滔江水。然而，经过了一年的复读生涯，可能是由于受到了高考失利的打击，我的观念发生了很大的变化，其中表现之一就是摒弃了经管类而钟情于建筑学，选择做一个清高洒脱的建筑师而放弃做一个物语至上的商界精英，并认定非它不读，而中大是没有建筑学这个专业的，就这样我将目光转移到了它的同城高校南方理工大学。从此中大成为了分手后的情人，而南方理工大学则成了新婚的媳妇。在中大读书，也只能成为一个梦，一个夙愿。

那天，当我躺在中大靠海的开阔草地上，吹着海风的时候，我的心在揪着。我觉得自己贪恋上了这块地方，竟舍不得离去，甚至有了旧情复燃的感觉，一边是告别后的情人，另一边是刚过门的媳妇，心如刀绞。然而，最终我还是要回到南方理工大学，回到媳妇身旁的，毕竟证都领了，即便只是学生证。而当时的我尚未经过建筑学专业的摧残，是异常热爱着这个专业的，还自以为是地深信建筑学是最适合我的专业，建筑师的职业可以成为自己寻找快乐的载体。

从珠海回来后，仿佛梦境一场，整个人也相当惆怅。好在随后满满当当的设计课程把每天变得异常繁忙，暂时断了对情人的念想。

六 │ 心有所爱　建筑情怀

　　刚刚踏上建筑征程的我，不思量，自轻狂，颇有意气风发的意味。为了表达对建筑的热爱，以及对建筑师职业的寄情，曾改写过一个引领我走向建筑职场的建筑师的文字用来激励自己。

　　求学广州，奔赴红楼。负笈数载，孤蓬一身。来日可追，往事何堪？午夜驱车，看惯十里霓虹。落日凭栏，数尽一江远帆。骄阳似火，汗洒南国热土。明月如镜，心醉夜色阑珊。三好坞畔，梨花似雨，落英缤纷；白渡桥头，涛声如诉，琴声幽咽。江风蹰躇，静听沙岛晚钟许许；孤窗辗转，犹梦珠江夜笛声声。红叶萧萧，丹心如绞。子归声声，相思无梦。阑珊深处，不见伊人。山水云间，唯托我心。纵横江湖，红尘一骑。呼啸山林，浮云万里。荡涤心性，浴楠溪之柔波。激扬壮志，临高原之雄风。纵马桑科，望断南山霁雪。乘风塞外，看尽落日长河。抛书唐古拉山，弃平庸如敝屣。伏首布达拉宫，仰壮丽若高山。程阳桥畔，青春纵酒，千杯知己。雅鲁江头，壮怀放歌，一襟踌躇。南屏村外，晚风中衰草微吟，俯瞰墟里炊烟袅袅；宗山脚下，斜阳里雪山无语，遥望扎寺金瓦瞳瞳。孤村野店，卧听一窗疏雨，独思伊人。碧海残灯，仰观漫天星斗，唯叹吾身。安得青骢马，携吾雕侣归。双拥听夜雨，相视忘晨晖。沐彼雅典之晨曦，伫彼罗马之夕阳。瞻彼阿卑斯之霁雪，浴彼地中海之神光。纵横四海，骈骊一生。嗟夫，和氏之心，谁人能解。伯牙之音，何时可遇。拔剑四顾，我心茫茫。仰天长啸，吾谁与归？

那是何等的气魄，何等的豪迈。然而，之后经过建筑学非常规的折磨后，我曾经的豪言壮语变得苍白无力。自己再也不是那个意气风发，执着建筑的狂妄少年，不再狂热于建筑，甚至开始变得排斥。

事后明白，我在那个以为吉林省的省会是吉林市而非长春市、以为中山大学的地址是中山市而非广州市、以为苏州河孕育的是上海市而非苏州市的年纪，对很多事情都存在着误解，包括对建筑学这个专业，或许是那时的我太年少无知，不够深入地理性地看待问题。建筑师不是四处游走的侠客，建筑师不是超然尘俗的清高道仙。建筑是画图而不是画画，建筑先是一门工程技术之后才是一门艺术。建筑师很多时候跟浪漫的情怀与洒脱的艺术沾不上边。

遗憾的是面对学业的羁绊，我没有知难而上，而把知足常乐变成自己的信仰，于是，变得异常消极，越来越不努力。能逃的课全部溜掉，设计课只求及格，以致我之后要为之付出沉重的代价，这些都是追悔莫及的。

七 | 军训添兴　兵哥偏情

　　寒假之前，大一新生的军训开始了。把军训延推到学期的结束，避开酷暑，这也算是校史上罕见的人性化举措之一了。

　　军训期间的每个夜晚，是罪恶的。每晚，跟祥哥一群若干人等，在饭堂把酒言欢，然后一群晃晃悠悠的汉子踏上那个小坡道走到校训石前，接着只听见酒瓶和石头砰砰砰的撞击声，似乎每一个啤酒瓶粉碎的瞬间都能够触动我们的 G 点。返途经过北十三女生宿舍楼下，对着女生宿舍大喊大叫，忽然，七楼一个嘹亮而尖锐的"丢你老母"女音划过天空，然后一场对骂开始了。那个夜晚，我第一次学会并真正运用了"Delay No More"这句经典白话粗口。实为罪过，然而青春无罪，我们总是在一次次罪行中更深地感悟世界认清自己。

军训是让人期待的，尤其是对于我这种中学时代没有经历过军训的人来说。军训之前，同学们都信誓旦旦地说，即便军训辛苦也没成天赶图熬夜的日子辛苦吧，至少可以过上正常的作息。可当初期待的喜悦之情总是在痛苦的过程中遭到磨灭，没想到对这样辛苦的鬼日子竟会有之前的期待心情。那段时间，每天往返于北区宿舍和东区红楼门前的那个广场，也就是现在那个校园最高层建筑厉吾科技楼的旧址上，中午就倒在逸夫科学馆后面的草坪上小睡。

军训的后期阶段，要练习正步走方队了，我和祥哥等人因为动作不规范，被连长拉出来到旁边的路上单练，见到旁边有两个清秀的姑娘也在单练正步，好奇她们是不是和我们有同样的原因，不过看起来不像，人家那正步踢的着实标准。上前搭讪询问，原来彼此的境遇是天上人间的差距，她们是学校挑选出来的美少女持枪护旗手，很是惭愧。之后几天，我和祥哥达成一致，坚决不在连长面前踢好正步，结果如我们所料，连长没给我们进入最终方队大名单的机会，我们暗自欣喜。最后三天，教官们都只顾专心训练方队了，我们处于无人监督的状态，这样我们就可以躺在附近比较隐蔽的草地上提前享受假期了。很快，十八天过完，军训结束了。然而当一切结束的时候，大家都开始一起怀念那段痛苦的日子了。

通常，大一新生的军训是以泪流满面挥手离别收场的，可我没有参与。送别的那个早上，我躺在宿舍睡觉。那时，我在想，在这场别离中，男生只是配角，兵哥哥和女生的惜别才占主要成分，我不要去做陪衬。果然，如我所料，答应日后电话联系的那群最可爱的兵哥哥们，倒是经常打电话到宿舍，只是男生宿舍这边从未响起过。

即便是钢铁之躯的斗士，在柔情似水的姑娘里浸染，最终也难免会沦为废铁锈水。作为钢铁战士，魏巍笔下这些最可爱的人也不能免俗。

八 | 欣返故乡　喜会故友

一般情况下，别人是晒成古铜色的皮肤度假归来，而我们是晒成古铜色的皮肤后，开始度假了。

军训完后，各奔家门。大一的那个寒假是激情澎湃的，第一次身处异方半年之久，内心的孤独，让人更加怀念曾经的往事和渴望熟悉的面庞，对于盼望回家，甚至达到如饥似渴的程度，个个归心似箭。当火车快到站的时候，我按捺不住内心的喜悦与期盼之情，提前一个小时就站立起来收拾行李准备下车；当汽车临近家门的时候，我开始兴奋地往窗外不停张望这个我曾生活了十九年的地方；当再次站到无数次踏过的学校门口那条大街上的时候，躯体中被激发了一种能量，我气宇轩昂，甚至有高呼"我又回来了"的冲动。

"窗外花绽放，飘来紫荆香。抬头北相望，故土已生霜。"曾经一段时间，思乡情浓，靠吟诗以解思乡之情，这二十个字就是在对故土的日夜思念中涌现的。倘若思念是一种病，那大一那一年一定是病危期。离开故土的第一年，异常想念，充满怀恋，乡愁无限。然而，病愈得也很利索，过了那一年，健康指数便飙升。其实，对我来说，乡愁不是一壶酒，因为酒是越醇越浓，乡愁倒是像一罐可乐，刚开罐的可乐才会沁人心脾，过了气的可乐往往越久就越无人问津，没有后劲。

一对男女，在结婚的第一年里，每做一次爱就往一个罐子里投一枚硬币，从第二年开始，每做一次爱就从那罐子里拿出一枚硬币，一辈子也取不完。倘若把对故土的思念量化，那大学第一年的思乡之情的量是会大于后几年的总和的。同样，倘若每往家打一次电话往罐子里投一枚硬币，从第二年开始，每往家打一次电话从那罐子里取出一枚硬币，那余下的取到毕业也都取不完。

接下来的假期，是不断的饭局和频繁的聚会，高中学校的操场上周围的马路上到处游荡着一群初入大学者的身影。然而，那种激情那种兴奋只有在那次假期才可以体会到，从那以后我再也没有如此的感觉。以致到了大三的寒假，我选择了一个留在广州。从大一寒暑假的狂热，到后来逐渐冷却，直至大四的时候，整个假期甚至很少见到其他同学，工作的工作，读研的读研，各奔前程，即便空闲，也无相见的欲望。能继续见面的也只是最铁的那两三个哥们，至于其他人，各自在彼此的圈子里湮没，偶尔在 QQ 上或者短信上冒个泡，来两句不痛不痒的问好，从不涉及内心，于是人心开始相隔，彼此开始陌生。我会经常在想，为什么会是这样一个局面呢？曾经并肩作战、曾经共同奋斗、曾经几近情同手足的那群人，逐渐疏远，甚至消失。我想这是我们这个时代的悲哀。或许是因为这个社会让人心开始变得冷漠，而冷漠也逐渐成为了现代人的共性。

我担心，数年后的一天，我们这群曾经在北区、在 27 号楼一起出没五年的身影也会彼此陌生，可是担心归担心，这些总是难以避免的，高中情谊尚不能，何况大学。只是我会努力克制自己的冷漠，避免犯和以前同样的错。

友情的疏远有时如同时光的飞逝一样让人感到无奈。不得不承认，对每个人来说，很多你昨天并肩前进的故人，都在沦为你明天擦肩而过的路人。

九 | 北上之行 铁轨爱情

　　春季是个美好的季节，鸟语花香，阳光明媚，绿意盎然。

　　然而，广州的春季却是另一番景象，潮湿阴雨的天气贯穿着整个三四月，让人不知晴为何物，似乎全世界都在前戏，宿舍楼的墙壁上不断的流淌着水滴，到处都是湿漉漉的，甚至可以消磨掉人的意志。在广州的第一个春季，我在雨纷纷的季节变得消沉，消沉到快窒息的时候，我觉得我需要离开，于是，用十五分钟的时间作出了北上之行的决定，然后背着大包小包赶往火车站，匆忙踏上了开赴北京的火车。我一直认为那次决定是非常英明的，尤其当我在广州的入夏季节见到春暖花开的北京和白雪遍布的长春后。

基本上每一个国民都有一颗向往首都的心，我也没有例外。小学语文课上，老师就教导我们把北京视为心脏。祖国心跳的声音每个人都想倾听，那时会觉得北京就是至尊的皇上，广州上海这种只是三宫六院，而西安南京这样的城市则不过是些皇亲国戚而已。4月1日，下了火车，站在天安门广场，只听见"我爱北京天安门，天安门上太阳升，伟大领袖毛主席，指引我们向前进"的歌声在空中回荡。那种傻根进城的感觉，永世难忘。

　　从北京回来是和牛郎一起的，那时候牛郎为了跟织女有一次亲密接触，不辞辛劳，翻山越岭，跨鹊桥上北京，尽显悲欢离合。随后，京广线两端的爱情故事开始逐渐成为潮流，一年后，达到了空前的盛况，在同一个黄金周，建筑学男生三人组团集体出行，目的地分别锁定北京的三所院校，场面可谓壮观。再之后，这种盛况开始衰落，京广线的爱情故事纷纷画上句号，然而，广渝线开始兴旺起来了，大三的五一我和原哥结伴前往重庆，一年往返四五次，美其名曰：响应党的号召，支援西部大开发。

　　由铁轨牵系着爱情的模式，在理工科大学由一代又一代人不停地上演着。不知道这是铁道部的喜还是我们的悲。可以粗略算一下账，在阴阳严重失调的南方理工大学，男女比例曾经一度达到7:1，据说目前有所缓和，降到5:1。除去所有博士生、硕士生、继续教育和网络学院学生，本科生约有22000人，分别是男生约18000人，女生约4000人。物理学中经常会在理想状态下作假设，那我们就假设在理想状态下，排除女生流失的情况，用这4000人去中和掉18000里面的4000，还剩14000个兄弟。这14000个兄弟的问题怎么解决？境况好些的还可以外销，尽管要不远千里，长途跋涉，也在所不惜了。但这也充其量不过五成，还要剩下 7000 位哥们孤单地享受 11 月 11 日。每个人的青春，终逃不过一场爱情，这是一个恋爱作为青春必需品的时代。可当一个人大学毕业的时候，回顾过去的路，竟不觉得爱情是苦是涩还是甜，我想这对过去二十多年的生命起码不是一个很好的交代。

把这个问题延伸些，大家都是血气方刚有七情六欲的二十来岁的小伙子，无论生理和心理都有需求，却要在这个年纪过上四年的清心寡欲的日子，于是我们开始变得善于意淫生活，无数个孤独的夜，当我们看着 A 片，握着手枪的时候，我们是兴奋的，我们也是悲哀的。谁让我们是天之骄子呢？谁让我们是理工科大学生呢？

生活中，无奈影随着悲哀，无处不在。譬如，在心理需求上，对于旅行，我们在读书时，有了富裕时间却缺乏金钱，在工作后，有了金钱支撑却没有了时间；在生理需求上，对于女人，我们在三十岁之前，要承受财力不足之痛，养不起，在三十岁之后，要面临体力衰减之伤，耗不起。于是，我们可以频频见到黄金周期间，大街上景点前，垃圾成山，人头攒动，举步维艰；我们可以频频见到如花似玉的姑娘，人前挽着糟老头，人后养个小狼狗。这些无奈无一不在加速着这个世界朝畸形的路上奔去，于是，世界开始变得荒唐，我们开始变得麻木。

很多次我在想，面临这么多的无奈，我们的存在，或许只是为了证明这是一个灰色的时代。

十 | 端午建帮　结义未央

　　每逢佳节倍思亲，而对于我们这种飘零在外的人来说，很容易衍变成每逢佳节倍寂寞。繁华的都市，倘若与我们无关，节日的喧闹，倘若只成为别人的狂欢，这将是一件操蛋的事情。为了摒弃内心的空旷与落寞，期求着所有的大节小节，除了清明节以外，能过的一个不落，恨不得把国外的万圣节、感恩节等也都给捎上，过再多的节也不喊苦不叫累，这也是孤独的人群相互笼络感情的一个很好的借口了。

　　大一那个端午节的傍晚，找不到组织，一个人呆在漆黑的宿舍，寂寞到不食人间烟火，茶不思饭不想，对着电脑发呆，QQ上所有的头像也都呈现着灰色。忽然，一个叫"未央"的头像开始闪亮，继而两个人的头像持续交替闪动……

于是，在打着吃粽子的旗号下，两个人开始了第一次约会。之前，两个人几乎从未有过对话，尽管同在一个学生会部门。未小央在部门里是属于走仕途的那种，整天追随小官僚的学长，跟我这种混日子的完全不是一个路线，两个人交集很少，交流也基本为零。那晚，粽子给了我们一个臭味相投、畅谈甚欢的机会，各自回到宿舍后，她在 QQ 上非要跟我结拜，还要喝血酒，我不敢接招，还好最后舍弃了喝血酒的这一项，我就应了，再后来我衍变成牛哥。之后的岁月里，我跟着未央完成了很多第一次的壮举，诸如第一次去东莞庄的小三川的饭馆、第一次去北区门口新安学院饭堂宵夜、第一次造访岗顶石牌村小巷里的西安肉夹馍小店……在未小央的引领下，我吃喝玩乐的世界才得以拓宽，生活才得以进一步丰富。而我，在吃喝玩乐的同时，眼瞅着未小央从一土姐向坐穿图书馆的修女再向实验室苟合学长的女狼一步步的转变，间歇性对其进行一些适当的理论指导并与其开展有关感情的学术性探讨。

要承认一个事实，未小央作为一个中号奇葩，拥有比较多的粉丝，很多师弟师妹用仰视的目光在她博客的背后觊觎着她的生活，在注视、在感叹、在赞赏、在学习，甚至在效仿。然而，在我眼中，她却是另一副模样，没有学生会官僚的影子，没有女强人的风采，没有研究生第一名的光环，完全一个聒噪女子，我想也只有这样，两人才能够得以进一步交往，直至我可以成为她矫情的蓝颜，而她，自然成了我的红颜一号人选。都说，蓝颜蓝着蓝着就绿了，红颜红着红着就黄了。我们最终也难逃歹命，以黄收场。

大五之前，我一直以为她是那个在我大学期间最休戚相关的朋友。很可惜，她只贯穿了我大学生活的前四年，在大五开始的时候，我们之间的关系直落低谷，几近冰点，我为自己也为她感到遗憾。

如果让我对未小央深情表白一句话，那一定是：我希望我的大学只有四年。

十一 ｜ 禁果未遂　青春无罪

大学第一个暑假是深刻的，也是肤浅的。深刻表现在印象上，而肤浅则体现在行为上。

在那个夏日的午后，当我在 D 佬家的床上，几乎褪去她所有衣服的时候，她问我爱不爱她，我感到茫然，急切的双手忽然悬停在了空中。然后，我提上了裤子，把她送出门外。对于一个我连喜欢这两个字都吝于说的人，更不用谈爱了。对她，我最初是满心的喜欢，然而，她自己却用心机与手段把这些一步一步残噬掉，最后，我剩下的只是一个充满赤裸欲望的身体。多亏她的一句话，浇灭了我身体的大火，不致错得更深。

然而这些没有结束。第二天，当我躺在床上忏悔的时候，D佬的一个电话过来，说是出事了，让我赶过去，今晚不醉不归，并且坚决不向我透露进一步内容。我再一次茫然，匆匆赶过去。事情既让人出乎意料，又让人出离愤怒。

　　那个下午，他们把我们前一天的动作延续了下去，在同一个床上，同一个女人，却是两个男人。晚上，把G佬喊来作陪，我们两个人经过大量酒精的麻痹后，D佬哭丧着脸，不停地求我动手打他，说自己不会还手，以此想让我来泄愤。面对他反复的念叨，我最终怒不可及，冲上前扯着他的衣领吼着，拳头终于挥开了。身体跌跌撞撞的，每挥一拳，每踹一脚，两个人都会倒地。G佬把我们一个一个地扶起，然后我们又一个一个相继倒下，最后躺在马路正中央抱头一起哭喊。

　　现在回想，早已释然，我可以给D佬足够的理解，只是我至今不能够理解那个女人，一个和我只有身体上接触，而丝毫无灵魂接触的女人。当一个女人，在你面前褪去湿漉漉的外衣，露出水灵灵的身体，再夹杂几分挑逗的时候，我想是个正常的男人也会很难把持住，况且对于D佬这种狼型的人。

　　那之后，我和D佬之间从不再涉及到她，这也成为了我们彼此的禁区。对于这段回忆，我一直缄口沉默，甚至耻于提起。然而，这些事情也是抹煞不去的，还是需要去坦然地面对过去，我也不再对此讳莫如深。

青春的年华不会纯如水洗，欲望与躁动会在它上面烙下污点的痕迹。或许这些污点的烙印也是为青春的悸动付出的代价。然而，青春无悔。

十二 | 异域他乡　语言屏障

　　大学第一年，离开故土，大家从五湖四海会聚过来，彼此被迫要实现方言向普通话的转换，普通话自然要成为第一语言。与此同时，学校所属地的方言也会顺势成为第二语言。

　　不得不承认南国广东是块神奇的地方，它不仅神奇在改革开放，也神奇在自己所特有的粤语上。在中国之内，在所有影响力大、涉及面广的方言语系中，恐怕没有任何一个地方的方言会在听说难度系数上超越粤语。这致使我们在广州最开始的一段时间里，仿佛置身于异国他乡，时常一头雾水，不知所云。当时我对粤语的了解基本为零，英语基础好歹也能达到三级水平。

作为远道而来的七线城市的外省籍居民，由于之前的二十年都是在使用地方方言，改说普通话肯定不是一蹴而就，时常夹杂着一些方言音调。而对于广东局部地区的同学，这种转换水平就更加逊色，由于自身母语与普通话基本不归属于一个语系范畴，一些人的普通话口齿不清，磕磕绊绊，相当拗口。

　　还记得，最开始与广东籍的同班同学之间的交流时会出现严重障碍。开学那几天，一股热情劲，跑去隔壁宿舍询问对方姓名，他用广式普通话连续说了三遍后，我愣是没有听明白，也实在不好意思继续让他重复，免得既伤他口语又伤我听力，搞到两败俱伤，只好装作知道，然后跑回自己宿舍关上门偷偷问其他室友，从别人口中得知他的名字。

　　其实，最开始我对粤语挺不积极的，或许很多人有着同一样的心理。尤其自己身处一群广东人之间，他们用粤语高谈阔论滔滔不绝而置我于不顾，那种感觉真是很糟糕。面对这种状况，我并没有以此激励自己去学习粤语，反而打心底产生更大的抵触情绪。那时，我也总以为自己不过只是在广州这个地方作短暂停留，几年后一定会离开，这致使自己不会尝试去听去说。

　　后来，这种消极心态逐渐退却，不管说是我对现实的妥协，还是说是我心胸的开阔，我已经试图去迎合它了。当"丢"替代"操"成为我生活中的粗口高频词时，当被中学同学指责带有广东口音时，我知道我已经在无形之中被粤语侵蚀，自己成了四不像，甚至开始有点畸形。对于我这种从三线以下城市走出来的人，回不到过去，融不进现在，只能告慰自己，说广州是自己的第二故乡。其实，那都是自欺欺人的谎言，最终，我成了一个没有归属地没有故乡的人。对于故土上的人来说，你已经户口迁移，远走他方，风土人情尚未参透；对于居住地上的人来说，你只是外来人口，文化隔阂凸显，风俗习惯尚未领会。于是，我们成了十足的半吊子。其实，我多么希望自己此生只有一个故乡。

想必，很多外省籍大一新生都会有被"靓仔""靓女"称号迷惑的经历。我最开始每次外出都会被众人喊作"靓仔"，于是心中窃喜，信心倍增，这让我爱上了逛街，自我感觉非常良好，直到后来才知道"靓仔"这个称谓在广州人看来只是客官的代名词。除了被"靓仔"迷惑外，我对广式普通话在用词方面也一直心存疑惑，例如灯光刺眼，普通话会说"好亮"，广式普通话就说"好光"，例如温度很低天气很凉，普通话会说"好冷"，广式普通话就说"好冻"。在选字用词方面，广式普通话似乎在采用另一种思维逻辑模式。或者说，粤语在根子里就在潜意识地想着与普通话划清界限，通过表现出对北方语系的疏远，以此来彰显自身文化的独特性。现在觉得这个独特性，挺好的，即便它为我带来诸多不便。

长期以来，抵制粤语的声音频频激起，作为一个寄居者，在我看来完全没有必要，在别人的地盘上就要尊重别人的地域性，文化多样性才会使得世界缤纷多彩。既然国庆节是十月一日，作为天秤座的国家，就别干狮子座才做的事情，大男子的蛮权主义往往行不通。

十三 | 僧多粥少　球场紧俏

　　理工科大学最不缺的是男人，最缺的除了女人以外还有运动场，这三者存在着紧密的内在逻辑联系。男人多了女人少了，雄性激素与雌性激素得不到和谐碰撞，分泌过剩的雄性激素驱使很多男生走向球场。无处挥洒的荷尔蒙只好释放在球场上，化作一路奔袭。

　　僧多粥少，这样就造成了运动场地跟姑娘一样供不应求，尤其是足球场和篮球场。然而，当时学校运动设施水平落后到令人发指的水平，直逼县级中学。整个校区有三个足球场，北区足球场，黄沙飞扬；西区足球场，红土满场；东区足球场倒是一片草地绿意盎然，却只给体尖生训练使用，不对其他人开放。这样只有西区和北区两个体育场选择，然而这种恶劣的场地依旧是人满为患，我不得不割舍足球这项运动，寒心挂靴。

其实，学校另外还有半个足球场。那就是东湖边的宽广马路，每天傍晚路面上集聚着很多男人和很多足球。由于道路仍具有交通功能，这里将时常上演人盘带着球与路上的车子玩老鹰捉小鸡的游戏。由于东湖没有被围蔽，稍有疏忽，或者由于技术有限停球不稳，足球便会直奔湖面，然后便可见一群人拿着长棍在捞球。这样的事屡次发生，成为我们学校在高校范围内独特的一道风景线。

大马路的另一端是篮球场，很多篮球架一字型排列在马路边，即便这样寒酸，我们却要时常从北区大老远过来用。当时学校篮球场不仅少，而且烂。那时北区的很多篮球场地面沟壑不堪，校园价超市边的那个稍微平整些的篮球场炙手可热，每日客源爆满。大学初始阶段，辈分尚浅，资历排不上，根本就没机会登场，就只能辗转东区马路边了，可谓长途跋涉。最开始想着跑步过去，当作是热身训练，结果跑到目的地，个个气喘吁吁，已无体力在篮球场上奔走。后来，年级稍长了些，底气足了些，拳头硬朗了些，不再畏惧高年级，情形就好转多了。

再后来，学校终于大力度翻新北区篮球场，缓和了僧多粥少的状况。后来的后来，临近毕业时，西区足球场整改后启用，全然一新，旁边修建了体育馆，馆内增设相当数量的篮球场以及羽毛球场。现在，学校的运动设施水平终于跟上了时代的步伐，而我们却要离开了。这种苦逼的感觉就犹如当你出门挣够钱，有能力盖起三间瓦房，筹备聘礼返乡想娶一个很早前就和你好上的隔壁村头姑娘时，却发现姑娘却已经抱着别人的孩子喂奶了。

十四 | 徽州之行　西子之情

在那个暑假的尾声，我一个人背上行囊南下黄山，后辗转杭州，这也是我真正意义上的第一次独行。

初到大学时，当被问及是否去过黄山时，我无言以对，作为一个安徽人，着实有点惭愧。而作为一个建筑人，对于坊间盛传的徽州民居，几乎一无所知，更觉羞愧。事实上，对于黄山地区古徽州村落的那些如诗如画的美景，我垂涎已久，只是一直缺乏机会亲近。为了弥补身为安徽人和身处建筑圈的缺憾，于是，我将大学期间的第一次远行的目标锁定为黄山。至于要周转到杭州，那是因为那一汪西子湖水无数次在我梦中荡漾，我常梦见自己在一个细雨淋淋微风轻拂的季节漫步在西子湖畔。西湖，已经成为了我的一个梦境。

徜徉在徽州大地，只见白墙青瓦、青山秀水、水村山郭、小桥流水，风景如诗如画，美得像诗，雅得像画，简直就是一首田园诗，一幅水彩画。黄昏，夕阳下，独自坐在村口的老桥上，聆听桥下潺潺的溪水，凝望着远方的山抹微云，甚至希望时间可以停滞在那一刻，自己甘愿去做这一幅唯美山水画的一个点缀。置身于这片自然之中，任凭思绪蔓延，索性什么都不去想，那样的感觉是如此美妙，可以让人忘却烦恼，没有忧愁。

徽州归来，我更加坚定了一个想法。在那之前，我一直有个念头，幻想着在那片古老的土地上建起自己亲手设计的房子，在想脱离都市的喧嚣时，便可前往，携佳人归，与知己至，炊烟、清风为舞，溪水、细雨做伴，采菊东篱下，悠然见南山，优哉，快哉。而现在回想下，那个想法如今已变得异常缥缈，也只能成为意淫世界里偶尔闪现的一缕霞光。

至于身临杭州，只是为了一睹西子湖的娇容，并没有过多地触及到这个城市。西湖水里堆积着千年历史的沉淀，西湖畔遍布着古今文人的足迹，我想只是一个西湖足可以覆盖杭州城的所有缺憾，且不管杭州城有多少不尽如人意的地方。

从杭州返回的路上，正赶上二十岁的生日。于是，一个人在火车上浑浑噩噩耗过了二十岁的第一天，为此我一直都觉得遗憾。对于生日，我一直看得比较平淡，也不善于制造集聚效应，召集一帮人吃喝玩乐，很多时候都是自己一个人。那时，我没有想到要去纪念我的二十岁。不过，现在倒是觉得二十岁确实是个值得铭记的年纪，我想每十年或十二年过一次生日应该是个很不错的方式。

是谁打翻了我们的青春，溅了一身的风尘。

大 二

青 春 成 长

一 | 逃课酣畅　挂科淋漓

大学第一年，三百六十五天就这样成了过眼云烟，消失不见。

当我开始踏上大二征程的时候，却要面临大一酿下的苦果。打开教务处的成绩查询系统，三科成绩显示为红色。热烈而喜庆的红色，一向广受欢迎，然而，在两种情形下着实不招人待见，一是成绩单上，二是姨妈造访时，因为红色寓意着痛苦。整个大一下学期只考四科，却挂了三科，死亡率达到75%。这样，过去的一年我一共挂了五科，总计挂掉13.5个学分，离警戒线16学分仅一步之遥。这其中包含上下两个学期的英语，一共8个学分。英语考试内容完全以某本教材的内容理解为主，大概形式就是从三十篇课文里面挑三篇出来考，事实上每一篇的内容基本超越了九成学生的自然理解能力范围，这就要学生事先查字典翻译好每一篇，然后记住大概内容，这样就可以过关。我觉得这种考试几乎测试不出英语真实高低水平，完全是体力活，致使很排斥这种迂腐的英语考试模式，最终结果是连战连败。幸好在挂了两个英语考试的形势下顺利通过了四级考试，找回了一些颜面。

虽说没有为英语考试做行动上的准备，但是连续挂两次英语超越了我的预期心理准备。面对这样的结果，我不能做到平静，甚至感觉到了一种羞辱。一夜之间，我决定要抛开一年来知足常乐、随遇而安的生活心态。感谢这个决定，它为我在一年后带来了八百块钱的奖学金，以及我爹追加的八千块。

我一直偏执地认为，挂科、逃课、恋爱是大学的必修课，并把这个思路毫无顾忌地贯彻到了大一的生活。大一这一年，我逃的课几乎比上的课还要多，挂科的学分居于全班三甲之列，逃得酣畅，挂得淋漓。挂科、逃课、恋爱三科必修，已过两科，只差牵手相拥。

大学最苦逼的日子莫过于每学期终结前的那几个复习周了，每学期的那几周就像姑娘们每个月红色洗礼的那几天一样，让人焦躁不安痛不欲生，倘若没了这些阵痛期，那大学生活就真是十全十美了，基本都是艳阳天。

二 | 男女言欢 爱情快餐

　　转眼，又到了这个学长勾引学妹，学妹勾搭学长，学姐垂涎学弟，学弟攀附学姐，学姐嫉妒学妹，学妹憎恨学姐，学长抛弃学姐，学姐报复学长，学长欺瞒学弟，学弟巴结学长，学弟追求学妹，学妹拒绝学弟的季节。

　　当荷尔蒙分泌高涨，无处释放时，即便是建筑红线也束缚不了一颗执意要超越用地范围的春心。大二初始，秋日将近，然而初为师兄的同志们却个个春意四起，假以师兄名义，或叙老乡之情，或趁学生会共事之便，一个个摩拳擦掌，虎视眈眈，思量着将魔爪伸向刚入校园尚未脱离稚嫩的师妹。爱情必修课尚没有修上的我，必然也不能脱离这种俗套，成为狼群一族。

只是我的手不够长爪不够利，经历了两个多月的磕磕绊绊，无所斩获。然而，在我万念俱灰，一心向善的时候，一个师妹递来橄榄枝，我顺势牵起了她的手。果然，秋天是个恋爱的季节，然而，我却不清楚这叫不叫做爱情。

出人意料的是，不知是否因为事情来得太突然，致使了恋情持续的很短暂。一个星期后，我们不再相见。在我的记忆里，身为朝鲜族的她，能歌善舞，通晓几种语言，除此，还有东湖红楼边亲吻的夜晚。这昙花一现的花前月下，仿佛春梦一场，还没来得及沉浸，就天亮了。

我不晓得快餐式爱情的确切定义，但是我想它应该归属于此。无数个初入大学的少男少女，忍耐不住身在远方的寂寞与孤独，禁不住爱情魔力的诱惑，在短暂的相识后，抱着尝试的心态，打着爱情的旗号，彼此进行进一步交往。而结果，通常是来也匆匆，去也匆匆，自身与身边其他人的例子不胜枚举。这是大学时代的爱情的典型模式，而这种模式也将被无数后来者延续下去。

那个时候，面对爱情，过多表现出的是稚嫩，莽撞与轻浮，自以为是。而这些错误，都应该是为年轻付出的代价，荷尔蒙犯下的错误都是青春的附属品。

当我们只剩下年轻和寂寞时，发生什么都是自然而然的。

三 | 惜别健哥　跨越坎坷

　　短暂的花前月下之后，另一段离别接踵而至。健哥的离去太突然，一个不经意的错误，酿成大患。退学，对健哥的人生来说应该是个灾难。我们曾试图将苦难降到最低程度，最终一切的努力都是徒劳。健哥不得不离去，一个好兄弟即将离开，从我们的生活中远去。

　　那天中午，我和王大奶送他前往火车站。大包的行李载着他一年半的青春，显得异常沉重。他执意扛起那体积几乎超过了他的行李，我看着沉重的行李压弯了他那并不高大的身躯，有点难过。我加快步伐走到他的前方，不敢再去正视他的身影，不敢正视那曾经在院运会上答应陪我跑 1500 米而我却只能在后方跟着跑的身影；不敢再正视那个曾经吃了三两饭四个馒头后和我打赌能再吃四个，最后将馒头干噎着硬塞进嘴里，和我一起仰天大笑着离开饭堂的身影；不敢再正视那个曾经和我爬到楼顶的天台上，手持盒饭论天下的身影。

公车上，我坐到了他的旁边，帮他取下一直背在他肩膀上的图筒，里面放着进大学以来专业课的作业。他解嘲说这一年多的收获都在里面，也没算白来广州一年多，笑言遗憾宿舍设计的正图还没有发下来。

离火车出发还需等待一段时间，他执意让我们先回去。他递来一支烟，我婉言说最近感冒，已经好些天没抽了，况且公车上是不可以抽烟的。转身上公车，忽然又停下了脚步，向他要来一支烟，说抽完再走。我知道我在为自己找个多停留下来的理由，一支烟的时间此时竟让我如此珍惜，以前对坐在走道地板上抽过无数支烟，然而从今天以后这种机会将不再拥有了。

一根烟，一会的工夫抽完了，感觉比平日快多了，要走了。伸手，拥抱，扭头离去，我克制着自己不去回头，我不忍再见到那无奈眷恋疲惫的身影。坐在返程的公车上，他的信息来了，"已上车，回头见"。只是，回头是何年？

那时的境况对健哥来说，简直是在面临着一座苦难的大山。然而，从一定角度来讲苦难的存在也有着有益的一面，苦难是可以让人更快成长的。那时我对他说，一个历经苦难而仍然热爱人生的人，必是我所敬仰之人，挺过巨大苦难的人将成为巨人，反之将为穷困潦倒之徒。人生如同一本书，苦难会使书的内容多彩丰富起来，不经历苦难的人生必定是一本令人乏味的书。苦难是性格的催化剂，它使强者更强，弱者更弱，智者更智。

当时我想他若挺过这一苦难，他将完全有足够的资本对日后的坎坷持以不屑，可以以俯视态度面对一些狂妄之徒。挡在他面前的是一座苦难的大山，翻过去，他则有了成为巨人的资本，否则将会把自己埋葬在乱石之中。

如今，健哥又一次经历高考的洗礼，跨越了苦难的大山，现在身居建筑学老八校行列，再为建筑人。我想，有一天我们一定可以再聚首欢呼，可是那一天究竟何时才能到来呢？

四 ┃ 一草一木　皆为情愫

　　这真是一个陌生的世界，这里不仅有大相径庭的主流语言，还是一个迥异的动物世界和植物王国。

　　校园里，茂密的树木，除了通过电视影像画面而有所知晓的棕榈树外，其他的树木都是第一次见到，几乎全部喊不上名字。故土上，随处可见挺拔的白杨树，高大的梧桐树，修长的水杉树，飘逸的柳树，以及那些楝树、椿树、槐树、榆树，然而在这里全然不见了踪迹。

　　东湖与西湖里，那争相浮出水面冲向饭堂排污口捞油水的成群结队的鱼，都是从未见过的生物体。饭堂里，那些笔挺着躺在盘子里的鱼,与记忆里熟悉的鲤鱼、鲢鱼、草鱼相像度很低,也全然叫不上名字。

于是,那时我似乎重新回到了儿时一样,带着探索未知生活的好奇心,不断地询问这一切,重新认知这个世界。希望自己可以尽快熟悉和适应这新的环境。

如今,看惯了校园主入口干道两边芒果树上硕果累累的果实在每一个夏初吸引着新奇的脸庞抬头张望;看惯了东湖边细叶榕的长长茎须在晚风下飘扬;看惯了27号楼门旁的千层柏每一年褪去旧的外衣披上新的着装;看惯了北湖边紫荆花树在每一个深秋红白花朵竞相绽放;看惯了北区门口的木棉花树上的大红花朵忽地凋落引起路人的惊慌,便要离开了。

想必,中山像前以及红楼前,那直冲而上,耸入云霄,只有一根主干没有其他旁枝杂叶的松柏,依旧会让后人燃起惊叹的目光;想必,图书馆门旁,那几颗亭亭玉立的光溜溜的,没有皮的树,像极了裸着身躯的婀娜姑娘,依旧会让诸多荷尔蒙无处释放的理工男浮现遐想;想必,西湖里的金银岛上,丛生的花草,林立的枯杉翠柏,依旧会成为后人为羞羞答答的勾当而遮遮掩掩的天然屏障。

草木皆有情,更何况我们。当我们离开校园,告别东湖畔长椅边曾为我们遮阴的细叶榕树,辞别西湖边人文馆前曾供我们休憩慵懒的那片草地后,那一草一木,也必将化作我们对青春的丝丝怀恋,成为那一丝难舍的情愫。

五 | 好事之秋　寻路之忧

　　那个秋天，与何水的结识颇具巧合与戏剧色彩。

　　在没有与她相识之前，何水已经作为一个传奇流传于民间。由于建筑学学生在每次做课程设计时，有拜读前几级学生优秀作业的遗风，作为前人的何水凭借两次课程设计作业，以不走寻常路的方式而走红，在后来者心中奠定传奇色彩的基调。第一次是别墅设计作业的设计说明，常人一般只是几行字，而她却洋洋洒洒，写满了整整一张 A2 图纸，让人目瞪口呆。另一个是小学设计，她以匪夷所思的梦幻方式，勾勒出了一个根本不具备可实施性的乌托邦小学。其实，且不管以上种种，只是何水这两个字组成的名字就足以让人过耳不忘了，也只有一个才华横溢不侧漏的人才能配得上这个诗情画意的名字。

同出于对文字的兴趣，凭借校园文学排行榜的牵线，两人开始了第一次网上畅谈，竟得知我们同出一个省份，同为建筑学专业，只有一个年级之别。

第二天，在西区曾经尘土飞扬漫沙遍野的足球场上，正赶上一年一度的建筑学院足球联赛上演，在与她们级男子队的对决中，我捡漏射进了全场唯一一个球，这样我们取得赛季唯一一场胜利，赛后是我们的第一次相见。至今，我仍在为那粒进球而乐道。当然，这只是一个偶然，一个美丽的瞬间。

那个寒假，回安徽后，冬日里，在凛冽的北风中，我却成了热血沸腾的青年。在与何水的神侃中，唤起了我走出国门的欲念。事实上，我是一直有着这样的想法，只是迟迟没有勇气作出决定。因为我知道决定之后自己会承受着更多的东西，一些 Gter 夸张地说，"选择出国这条路就是选择了苦难的路"，"似乎是走上了一条很远的路，很远，很远"。以致我刚开始把这条路想象成何等的神秘和艰难，不过站在现在的角度再去看待，竟平淡了许多。那时，我只是认为留学是非常独特的人生体验，如同年幼时认为没有高考，没有大学生活，人生将不完整一样，生命中是需要这些体验的，至少我的生命是渴望这种历程的。

然而，在经历了为追逐 GPA 而辛劳，为经济条件而顾虑的反复折磨后，那条路已经离我渐行渐远。如今，何水同学经历了一年的周折，已经手持 Harvard 的 Offer，等待签证，奔赴美利坚，万事俱备，只欠东风了。

曾经美好的意愿，已经随风而散。这成为了一个遗憾，被掩藏在内心的角落，不知道它会不会有被捡起的那一天。

六 | 大城小乐　小城大乐

倘若"你若安好，便是晴天"，那广州的回南天会让人觉得你一定挂掉了。春天很快再次降临，三月末四月初的天气一如既往的糟糕，我的春心又开始荡漾，情不自禁地想到逃离。

在清明节的这天，我背上行囊踏上火车直奔桂林。这次又是我一个人的独自出行，所幸的是在车厢里偶遇同行的两个华师的姑娘，我们约定一起在桂林玩赏。下榻在一个招待所的三人间，我经历了人生第一次与两位姑娘同房而眠，很可惜那时我尚年幼单纯，只处于对与异性同房的新鲜感之中，尚没有一颗将空间限定在 1.2 米乘 2.0 米平方范围内的心。接下来两天，在桂林四处游逛，感受到这座小城，别致而富有情趣，只是那些景点，诸如七星岩，象鼻山反而平淡了很多。之后，驱车赶往阳朔，阳朔才是这次行程的终点站，而桂林只是作为中转站。当离开城区，驶入郊外，置身自然的时候，我的心才会澎湃。一路穿越这片显山露水的地方，沿途，桂林山水的景象不断呈现，青山绿水间铺开着成片的金黄油菜花。在阳朔的那几天，大部分是属于我一个人的空间，白日里，我会在湛蓝的天空下，沐着温暖的阳光，迎着和煦的春风，踩着单车徜徉于漓江边青山间，闲适的脚步淌过清澈的江水，恬静的心情滋生着烂漫的笑容。夜色下，西街边酒吧前，对影独坐，手持啤酒，指夹小烟，望着来往穿梭的人群，把我一个人的宁静融入进这夜的沸腾，回味过去思索将来，直到夜深人静，醉意初生，然后跌跌撞撞摇摇晃晃，在那远古而幽长的巷道中消失身影。

很快，结束了一个星期的乡野生活，重新回到烦嚣的广州。

一个星期之后，我踏上香港的土地，在维多利亚港吹着海风的时候，面对林立的高楼，温馨的港湾，碧净的海水，我嗅到了另一种完全不同的气息。一个是极度繁华的都市，作为金融经济贸易的中心，现代而富有动感，在这里生活会是便利与享受，那是一种物欲的幸福。而阳朔，一个偏远村落，那里只有青山与绿水，没有高楼大厦，没有车水马龙，只有质朴而平和的田园气息，那里的生活是宁静的，而足以致远。

短时间内，感受到两种截然不同气质的地方，一个恬静如林徽因，文艺清新；一个奔放如陆小曼，红尘滚滚。我不由自主自作多情地畅想，如果我是徐志摩，两者选一，我会更倾情哪一种景象。然而，事实上，近些年我只能生活在折中的地方，左右张望。

七 | 孤寂有理　意淫无罪

　　两段出行归来之后，我开始沉寂在校园。那时每天的生活主题是"褪去白昼的睡袍，套上黑夜的盛装，吞着尼古丁的气息，挥着起丁字尺，与蚊虫在夜空中一起舞动"。

　　而在这主题行进的同时，生活贯串着一段荒唐的扭曲的感情故事。2005 年 5 月到 6 月期间，我用一个人的孤单自编自制了一张黑色唱片，演绎了一场非常规的暗恋。我通过一串号码认识了一个姑娘，对面宿舍楼的。她在七楼我在八楼，午夜阳台的烛光确定了彼此的具体位置，每每空闲下来便隔空相望，却只能通过身影辨认对方，事实上我们从未真正谋面，只有网上的交谈，以及大脑为其遐想的无限空间。不知什么缘由，我开始逐渐活在一种臆想的世界里，而不顾及她的真实面孔以及内在脾性。那段时间，我沉浸在自己的感情漩涡里。以致将自己多情的潜能激发放大到无限，我学会了淫诗，而且相当高产，一个夜晚可以两首。

每个孤独的夜，我漫无目的地走，在黑夜里盲目地张望。白色的衣裙，飘落在我的前方，这诱惑让我充满幻想。我用幻想去触摸她遥远的美丽，却不知身在何方，泪水浸湿美丽的幻想。我不断地唱歌，不断地唱歌，伴着我的歌声，是我心碎的幻想。我不停地奔跑，不停地奔跑，踩着幻想的碎片，奔向我那茫然的明天。

而今，洁白的衣裙，依旧在空寂的黑夜中飘荡，曾经的孤独，早已在褪色的青春里掩藏。别离的声音，唱着远去的阴郁，而尘封的往事，已被撕成记忆的碎片，被散落抑或埋葬。

那段生活是病态的，是匪夷所思的。不知那是不是心理疾病的某些表现特征，我想即便是病，也是被理工科大学这种阴阳失调的极端环境诱发出来的。

八 | 痛苦过程　精彩回忆

告别了那段病态的梦魇，我依旧是个积极向上，热爱学习的青年。

暑假来临的时候，我报名去了新东方。对新东方我怀有崇敬的感情，或许是我滥用了"崇敬"这个词，一直觉得这所教育培训机构教给学生的励志精神更胜于知识本身，我为其所倡导的精神而感触，并钦佩那无数梦想跨越大洋的学员的执着与坚强，我一直想要寻求一段与它相关的生活印记。

那段时间里，我印象比较深的是关于希望、经历与回忆的一堂课。课堂上，Daniel 老师提到人生有三个过程，hope – experience – memory，他称 memory 是最重要的，这是我所赞同的。我们都是满怀着希望，踏上寻求的征程，最终也只是留下追逐时的回忆。每个人都不希望年老后自己的回忆犹如白开水般索然无味，在期望自己的 memory 可以变得愈加精彩多姿，而 experience 正是 memory 的源泉。

事实上，报名去新东方除了提高英语水平以外，还有一个同等重要的因素是：我想留下一段在酷暑难耐的炎炎夏日，抗争烦闷与苦楚而致力于学习的记忆。这如同考研的经历一样，我并非强求结果的成功，更多的是需要这么一段经历，在我老去的时候可以让它在记忆里回荡，这样我才会觉得人生的轨迹足够完整，没有浪费在人间走过的这一趟。有时觉得，能拓展记忆深度的不仅是胜利时的欢喜，更是追逐过程中的艰辛，因为结果是刹那的，而过程才是持久的。在成长的路上，我试图在不断地为自己埋下 memory 的种子，期待着年老时看到 memory 长成鲜艳多彩的花朵。

在那段暑气炎炎的十八天里，每天早起，课前预习，课上认真做笔记，课下复习，日子过得很是艰辛。课程结束后，我甚至有些余犹未尽。那个暑假，我收获的不仅是知识，更有对某种特有生活的一种体验，留下的是一段难忘的回忆。

其实，痛苦的过程往往就是精彩的回忆。

九 | 舍身无罪　生命可贵

　　2005 年 7 月 15 日，也就是我去新东方上课的第一天，三更时分，一个土木工程专业的同学在距我 30 余米的位置从 30 余米的高处纵身跳下，奔向天堂。我亲眼见到他红色的躯体躺在宿舍门前的硬地上，近在咫尺，我不安了好久，为他，为自己，为生命。我想和多数人一样去指责他，但却没有，因为我感到自己没有谴责他的资本。

　　生命对每个人来说，同样是最宝贵的东西，我们大多数人也只是有着足够的勇气继续活着。而他，以及所有选择自杀的人，却有勇气放弃自己最宝贵的东西，他们是值得钦佩的，尽管不值得效仿。

放弃生命，被一些人指责是在逃避，我想他们只是提前离开而已，因为每个人最终都会面临生命的结束。如果你只是有借口而没有真正的理由厚着脸皮活着，提前结束生命，又有何不可呢？结束它，是一种解脱，但却很少人有足够的勇气放弃自己最宝贵的东西。不用去嘲讽和指责那些自杀的人，尽管他们不是勇士，但他们却做了很多人没勇气做的事情。每个人都有选择自己生活的权利，而自杀对他们来说，恰是他们为了过上没有忧虑生活的选择。

所有的小忧伤小哀愁小贪婪小欲念小虚荣，在飞落的身体与地球表面碰撞的刹那都成了浮云。对于一些自知的人来说，行尸走肉禁锢了灵魂的脚步，唯有脱离身躯才可超越羁绊。

自杀是一种极其自私的行为，因为自杀者置亲情于不理。然而，哪个父母又能想到，当自己的儿女选择自杀之前所承受的痛苦，是否过着猪狗不如生不如死的日子。在父母眼中，自己的儿女是大学生，知识青年，是他们的骄傲，是可以用来炫耀的资本，可是他们却只停留在表象，一种虚伪的层面，他们并不了解自己的儿女真正的内心。其实，自杀也可以理解成是为了追逐幸福，摒弃人间的烦恼而作出的选择。只是实施后彼此将不再相见，相隔天上人间。

想必很多人和我一样，会有自杀念头的闪现，无论是过去、现在，还是未来。只是在自杀面前我是个怯懦者，是一个孬种。请不要笑我，请不要骂我。

十 | 专业光环 无尽辛酸

过完这个暑假，宣告着大二结束。

这两年里，尚没来得及对建筑本身有更深入清晰的认识，就被陷入了另一个误区。作为建筑学学生，很容易成为朋友圈中的焦点，被带上光环。每当我们表达出自己身处建筑学院的信息的时候，听到的声音多是赞叹，无论是在学生会还是老乡会成员之间，无论是面对师兄师姐，还是师弟师妹，他们甚至是统一口径，声称建筑学是全校最有前途以及最有钱途的专业。以致年幼的我们产生飘飘然的感觉，当手执图筒，或者肩背画板，或者腰别丁字尺走在校园里的时候，都有一种莫名的优越感。

现在觉得这种优越感是虚荣而卑贱的，等到步入社会后才会明白建筑学比起其他专业并无优势可言。比起其他专业我们是有独特之处，作为技术性强的专业，我们就业会相对容易，除了继续读研和走出国门的以外，全部都沦落到了设计院或者房地产。但是对比一下薪水，这是一个最直接的客观指标，我们一点也不领先，充其量不过是一群既不高薪也无低薪的中产，还要忍受着铺天盖地的加班。记得一个比我低一个年级的读会计的师妹，见到了我就满脸的艳羡，赞叹建筑学专业是多么地牛气哄哄，都让我脸红。毕业后我们一起签工作，她花落去了四大会计事务所之一，我柳垂在了国企设计院，会计专业月薪恰好是建筑学专业薪水的两倍。

还好，薪水不是我衡量幸福指数的指标。但是，这个却常常成为父辈衡量幸福指数的关键指标甚至是唯一指标。

那毫无意义的光环背后隐藏的是无尽的辛酸，建筑学有幸作为全校录取分数线居高不下的专业，却不幸成为全校最辛劳的专业，黑白颠倒、彻夜无眠的事情是家常便饭，娱乐活动严重缺乏，身体素质急剧下滑。作为建筑学老八校之一，简陋破旧的设施使南方理工大学的硬件环境稳居清华、同济、天大、东南、重大、哈工、西建之后，处于第八，我们甚至羞于拿 27 号楼与二流三流院校的建筑系馆相比。

一度盛传，建筑男与建筑女有着良好口碑，异常走俏，相当抢手。我只能把这些话当作谣言，毕业那天，宿舍成员四分之二尚未触及初恋，全班男生一半以上还都是老处男，我们都成了抢手的滞销货。

青春的天空，有着最耀眼的黑，以及最绚丽的灰。

大 三

青 春 张 扬

一 | 学年评优 功利恩仇

暑假回来不久，是学校每年一度的评优，这与奖学金紧密相连，与保研资格休戚相关。

这一次我替代了上年作为看客而成为了当事人，即便只是八百块的四等奖学金。比较起大一一年所挂学科13.5分，二年级能有这样的结果我很是欣慰了。事实上，起初我对收获奖学金信心还是蛮足的，但是我的信心只是止于学习进步奖，因为有上年全班倒数第三名的名次作为铺垫，提高几个名次是轻而易举的。想拿奖学金，这是个捷径，上一年多挂几个学分，加分的机会也全部放弃，把名次尽可能降低，来年只要不挂科，进步奖基本是稳操胜券。同样的模式，我有大三的红灯连连作铺垫，大四轻而易举获取了学习进步奖，其实这次是个意外，我并不是刻意寻求这个效果的，因为我觉得一次奖学金已经足已，只求有次这般的经历而非金钱利益。在我脑子里，奖学金是大学生涯必须要拥有的经历，就像挂科与爱情一样。

评优的日子，之前是有点稍稍期待的，然而后来却对此感觉到十分疲惫。一些人是为了有机会沾染到奖学金，一些人为了更大可能满足自己的虚荣心，还有一些人为了几年后更有利的争取到保研资格，开始广揽德育加分票，斤斤计较于自己与别人的绩点，我也身居其列，感觉到了自己的卑贱，受到自己的谴责。这些是我曾经所鄙夷的，却成为了我所采取的方式，这不仅没有让我获得更多的满足感，还让我陷入自责与不安之中。获得奖学金，实现自己的愿望，本应该是件美好的事情，然而我却似乎正在用龌龊的行为亵渎它。为了虚荣与功利，把自己出卖，这很可怕。

一个区区的评优竟可以将大家的竞争潜能激发出来，并表现得淋漓尽致，不知道这是人本能的反应还是本性的体现。我憎恨勾心斗角的感觉，讨厌你争我夺，排斥不择手段。我宁愿选择挂科后的洒脱，也不要奖学金前的卑微。

二 | 足球联赛　内斗作怪

　　11 月份，如同往年一样参加建筑学院足球联赛。这是我第三次参赛，意想不到的是在球场上发生了群殴事件，而对手竟是同级的兄弟专业。

　　北区黄沙飞扬的足球场成为了建筑学系内战的战场，观众是低一个年级的几个同门师弟。两年半在同一课堂上积累的"印象"，在一阵拳脚相加之后变得支离破碎，我不明白为什么会有这样的事情发生，不清楚究竟是不是有部分人在刻意操纵，只觉得这是一个可悲的事件，建筑学系的一个耻辱。还好那只是局部的破碎，我们彼此还可以用两年半的时间去黏合修补，不过可以肯定的是，碎片粘在一起后裂缝是不能完全愈合消失痕迹的。让人欣慰的是绝大部分当事人已经相泯一笑冰释前嫌了。驰骋的绿茵场成为了拳脚相加的格斗场，不知道绿茵阁的老板是不是也有过这般经历。

事实上，挥出拳头的时候会有快感产生，群殴会让我感觉自己更有男人味，不过遗憾的是这次是发生在建筑学系内部，让我惭愧，倘若是与其他学院，我想我会是积极的心态。

我是不曾设想过大学生活中会有如此暴力片段的，然而几年来，我却不止一次与别人动粗，篮球场上以及宿舍楼里。我要承认有时自己是个刚烈而容易冲动的人，可能是受到成长环境的影响，大学之前我也是有群殴遭遇的，不同的是那时是三四十人群殴三两个人，而我是属于其中三两个。

我不晓得这是否应该归属为缺点，但考虑到两个因素，匹夫之勇，不足为谋；瘦弱身体，不足为击。我觉得自己还是需要改变，毕竟这是个智者的时代，暴力与谩骂都是解决不了问题的，顶多也只是贪图一时之快。

三 | 纵酒无休　纵情不羞

　　大三之前，我是经常跟隔壁班的几条友厮混在一起的。那会儿，鸡森作为班级当之无愧的酒神，曾经在军训期间提着二锅头凭一己之力放倒了连长和众排长，从此，无人敢轻易挑战这位西北汉子的威严。

　　作为一方酒霸，鸡森饭桌上却格外勤快，主要表现在两个方面：一是表现在给别人倒酒，另一点表现在劝别人喝酒，这致使我等不敢与其共席，频频投奔友邻。直到有一天，潜力股小月爆发，占据酒仙的位置，才打破了一人垄断的局面。再加上小月作为班级的 X 元素发挥了积极的效应，于是，大三的上学期，吃喝的习气悄悄地在我们班兴起，后来蔚然成风，三五人小聚七八人中聚的场面便频频在城中村东莞庄的小三川或者城乡结合部的奉天出现。

还记得秋高气爽的一个晚上，借以小切考完 GRE 的名义，几人齐聚东莞庄的小三川餐馆。席间，啤酒与白酒轮换，最后全喝高了，连我这个平日酒品最差的人也没能逃脱，同时，小月从来喝不醉的谎言也终于被打破。撤离东莞庄后，一群老爷们躺在北区校园价超市前的草地上胡言乱语，并将这种胡言乱语延续到电话里，各自对着另一个人的前任女友夸大醉状，等待对方反应，然后爆笑。疯乱之后，酒劲上头，大家四肢乏力摇摇欲坠昏昏欲睡，于是呼叫班长，让其带领若干人马下来抬人。班长作为心忧全班、忠实为民的领导人，已经不止一次不辞辛劳地肩负抬人回宿舍这一沉重职责，想必班级里的每一位醉汉都会想把《你是我的眼》这首歌送给班长，以感谢他把醉茫茫的我们引领到床前。

我想，小月是永远忘记不了那一晚的，因为印记不仅烙在他的心底，更烙在了他的肢体。当晚，在其昏昏欲睡的时候，我递上了一支烟，第二天他醒来洗澡时，发觉自己腿部被烧焦了一个形状与面积均几近蛋挞的黑圈，以理工科生精确严谨的态度描述的话，那就是直径为 5.5 厘米的不规则圆形，凹陷深度从 0.1 到 0.5 厘米不等。原来醉意蒙眬的他用小腿抽完了那一整支烟，中途竟丝毫没有觉察到异样。后来，见到他爹娘时，我愧疚万分，因为我的疏忽，致使他们儿子的小腿给整成了烤腿，也难为了小月要跟爹娘撒谎说是被摩托车烟筒给烫伤的。

要交代一下，小月其实最开始不叫小月，而是小明，只是后来我从他名字中拿去了一个日，此举深得民心，得到了众人的认同，于是，欠日后的小明就成了小月。

　　青春的纵欢，让我们肆无忌惮，似乎每个人浑身上下都有使不完的精和力，一次又一次地在无边的黑涛里，在无际的夜幕下，在无情的齿轮上，在无奈的漩涡中，带上那无穷的落寞，带上那无尽的欲火，试图用青春的躁动，操翻那无欢无乐无情无趣无性无爱的生活。

　　如今，青春燃尽，这样的往事已如烟，不可能再重演，只能在记忆中回味了。

四 | 四人纠葛　三人组合

　　在大学期间，我参与到了四个人构筑的两个三人组之中。其一为木小马、未小央与我；其二为杨小婧、未小央及我。其实，本来应该是最佳四人组的，只是因为其中二人跨越了友情之后又破裂了爱情，以致最初的友情也出现了隔阂，于是四分为二，此后四个人之间很少再有共同出没的交集。

　　还记得，大二那年圣诞前的夜晚，我跟木小马坐在中信广场的水池边喝酒。平安夜，两个雄性一起喝闷酒，这是理工科男的经典缩影，而选择这个地标性建筑为场景，似乎能够印证我和木小马几年前就具备了闷骚文艺气质。完了后，他表露出对杨小婧有想法，征询我意见，我拍板支持。几个月后，杨小婧找我倾诉，泪光闪闪，动情处会夺目而出，我只有递纸巾帮忙擦眼泪的份，心中暗骂自己，责怨我就是一个失败的红娘，这档事以后再也不会干了。红娘做不成，却做了知心"姐姐"。

11月份的时候，校学生会开展"艺术家园"营造活动，之前我是从不主动关注此类活动的，更不用提参与了。但是那次，我觉得这是一个弥补我这方面空白的一个机会，毕竟自己也需要点参与此类活动的记忆来点缀大学生活，再说这可以提供一个合作的机会。于是，我召集未小央和木小马组队，从反面角度出发，往满目疮痍的地球上扔了几个套套及注射器，寓意如果我们继续放任我们的行径，玷污我们的环境，我们的家园就将会沦落成这幅千疮百孔的样子，最终我们轻松获取了第二的名次。然而，比较操蛋的是，奖金只是二百元的餐券，仅限于校园某餐厅消费，这完全是对我们团队智商的亵渎。

就在2005年即将逝去的最后一天，未小央、杨小婧与我集体出行，搭上最后一班加班的22路车。司机师傅很解风情地在这喜庆的夜晚给了我们车费豁免权，于是，22路车载上我们中途不停车不进站，直奔中华广场，而车上只有四人，包括司机。22路在凌晨前的黑夜奔驰，我们却觉得天空分外明朗。人山人海的中华广场，人们都在翘首张望，齐声倒计，等待2006年的降临。而我，跟随完吆喝声后就随人群离去，即便我都不曾见到广场上的时钟，但这也无妨。凌晨，返回校园，躺在人文馆旁边的草地上跟两个女人一起边睡边聊到天亮。这是一个美妙的夜晚，但绝不是因为跟两个女人一起睡到天亮，而是因为这让我感受到了大学的烂漫时光。

　　这些，已经成为我大学五年期间的经典片段，无法忘却，即便以后我们三人分道扬镳不再谋面。

五 | 选择孤单　独享狂欢

每年寒假将要来临的时候，学校都会组织群购火车票，一下就可以把大家拉入到返乡的期待之中。而我却决定留守广州，放弃期待，选择一个人的春节。

在故乡我已经度过了二十一个春节，几乎是重复的，虽不算厌倦，但却毫无新意，我想要为自己创造些别样的经历，不愿守着平淡无奇。当周围的人纷纷踏上返乡的路途时，这便为我营造了一个僻静之处，我的世外桃源。一个人守着校园，守着宿舍，我可以玩弄记忆，我可以嬉戏文字，我可以意淫谁谁，我可以肆意抽烟，我可以恣意吼叫，我可以任意歌唱，我可以疯疯癫癫，我可以做那些想做而一直没机会或者很少做的事情。

那个冬季，校园成为了我的乐土，我与时间、与孤独、与自己做伴。当别人身居万家灯火之中，围炉而坐，或者与老朋故友酒桌前谈笑酣畅时，我却孑然独处在这简陋偏远的北区某宿舍812房，或站在宿舍楼顶俯视五山镇的岁末，或立在阳台上远眺银河公墓，或直面那块施工了数年的建筑工地，或张望人去楼空的女生宿舍。我并没有去羡慕他们，因为与他们类似的经历我已经拥有了二十个，以后依旧会继续经历，而我所正在进行的却是很多人不曾拥有的。我也没有感到哀伤，因为我找寻到众人皆醉我独醒的感觉。一个人独处的时候，是最清醒的时候，是最适合审视自己的时候。

我知道自己的这个举措让父母受伤，甚至只是告诉了他们一个我寒假不回家的既成事实，不曾给他们做建议的权利，他们也是知道他们的建议是不会对我产生影响的，一直以来都是这样。爸妈不会把他们的意志强加于我，他们给我自由，无限度的自由。他们是无私的，对我是极度宠爱的，而我却是自私的，为了自己的追求而不去考虑他们的感受，感谢父母对我的宽容。

那整个假期，除了用一个效果图制作软件课程培训班作为主线贯穿，还用了两天的时间跑去江门，在西江边跟两个老爷们嬉戏。冬季里的每一天，阳光明媚，空闲时候，手持相机，踩着单车，穿梭于街头，晃荡于小巷，徜徉于校园，四处乱摄。

就这样，一个人阳光的冬季成了美丽的记忆。

六 | 理想在左　欲望在右

　　大学中点，正值青春壮年，是一个谈论理想的年纪。三五聚首时，话题总可以频频触及理想这个让人血脉扩张的字眼。理想如同2008年岁末的冠希一样，作为一个时髦的话题，总可以轻易让人提起。

　　大学前半段，大多数的建筑学子弟都还心怀着建筑师职业理想的抱负。那时，我们会听到各式各样的多姿多彩的理想。譬如，A君：我以后要成为安藤忠雄大师级别那样的人；B君：我觉得广州整个城市的建筑都很丑，我以后要把那些恶心的建筑都给换一遍；C君：建筑是门艺术，我要做个建筑领域的艺术家；D君：做个海龟，以后进入全球知名事务所，最后建立自己的事务所。似乎未来每一个人都会出人头地，名扬天下。而我，面对这样的场景，却开不了口，当时只是心想读个研，以后争取读个博谋取个留校的职位，做小时候最不屑的人民教师这个职业，剥削学生廉价劳动力画图谋利，而且每年有很多假期，实现金钱与自由双丰收。

理想一向都是赋有正义和积极色彩的，是雅致的，而我的理想却显得那么猥琐，且不上档次，顶多算得上欲望。人家张口是出国、参数化，闭口是库哈斯、福斯特，而我只是想着考研这么低端的愿景，压榨别人这么龌龊的期待，根本都不好意思说出口。

后来，大学将逝，青春殆尽，A君直接签约去了某房地产公司，挥别了设计这门技术活，宣告安藤忠雄已死；B君直言，他妈的现在我觉得广州的建筑都很漂亮，都比我做的好看；C君叹息，一旦艺术贴上金钱的标签，就变得极其下贱，建筑现在就是挣钱的机器；D君最后抓住了保研的资格，荒废掉了头悬梁锥刺骨苦记的上万个GRE词汇，守望在了社会主义国度。当这些发生后，我心里好过了很多，终于，我们可以处在同一个层面了。

逐渐，我们过了谈理想的年纪，我们戒掉了理想，我们开始谈欲望，而对于理想，只字不提。当我们的需求变成要车要房要姑娘，就只能将这些追求称为欲望，而不好意思再定义为理想了。

事实上，每个人都是心怀理想的，有欲望，则有理想。因为，每一个理想本质上都是欲望，而理想不过是欲望的美化词。

七 | 珍爱生命　远离设计

建筑学式非常规的生活在继续，日子反复无常，黑白颠倒。

大学过半以后，不会再对通宵有任何畏惧，三点以后睡觉已经成为家常便饭。每一个初入大学的建筑人都会被告知要做好熬夜的心理准备，很多人当时都对此迷惑不解，天真的以为只要按部就班做事情怎么会有熬夜之说呢，而几年后，绝大部分人已经默默接受这个现实并且贯彻到了自己的生活之中。起初，高年级的同学语重心长地说，两点以后睡觉不叫熬夜，当时还会觉得恐惧，而现在我想以后再往后辈传达的时候应该把它修正为三点。

当我们在这种非正常的作息下习以为常，并心安理得地挥耗着生命的时候，一个足以让全学院所有建筑人震惊的消息传来：3月15日晚，在我们班专教垂直下方一层的307课室，一个低我们一个年级的师弟猝死在图板前，教室成了他的坟场，图板成了他的劫难，针管笔扼杀了他的生命。众人哗然，在为这个师弟哀悼的同时，不免将噩耗的相关信息反馈到自己身上，那一晚，全宿舍人早早得爬到床上，生怕自己重蹈师弟之覆辙。只可惜，两天以后，作息如旧，只是在颠倒黑白的时候会有一丝阴影从心底掠过。

　　闲的时候，无拘无束地玩，放任自己到天亮；忙碌的时候，无时无刻地画，奴役自己到天亮。熬夜不需要理由，已经衍变成一种生活习惯，只是这是一种恶性的习惯。初入大学时，我渴望拥有民工的身体，硕士的头脑，然后经过几年建筑学式生活的摧残后，觉得前者实现的难度系数要比后者大多了，实现硕士的身体倒是轻而易举了。高中时期，体重巅峰时期是118斤，而大学后，数据却一直在108附近徘徊。大学五年，我吃早餐的次数不会多于一个正常学生一年的次数，而其中很大一部分还是熬夜到天亮后出去吃完早饭再返回睡觉。这样的生活致使我拥有人比黄花瘦的身材，也不足为怪了。

　　作为热捧专业的建筑系学生，我们在校园里头顶着五年的光环，然后却很少有人能体会到光环背后的黑暗，光环的闪烁甚至是建立在提前透支生命长度的基础上的。今有师弟暴毙于图板前，古有吕彦直为南京中山陵的设计鞠躬尽瘁，积劳病故。如今，中山陵祭堂的西南角仍矗立着一纪念碑，上部为吕彦直半身遗像，下部刻有于佑任题词："吕彦直建筑师建筑陵宫积劳病故，特此纪念"。中国的建筑师基本属于高强度劳动的群体，平均寿命长度已经明显低于人均数据，且为猝死多发群体，这无不在警示着我们。

我想，父母给了我们身体，我们就应该去爱护它。

八 | 情缘碰撞　余生难忘

关于重庆的记忆，是铭心的。它在我大学生活中抹下浓重的一笔，也在大学时代的爱情记忆里占据着最大的分量。

故事缘起于 ABBS，一个建筑人都会知晓的论坛。五年前，当她还是一个高中生的时候，我们在 ABBS 里结识。之后，节日的问候，善意的体贴，默默的支持，苦闷的倾诉，坦诚的交流等，点点滴滴的酝酿与积蓄，让她成为了最了解我的人，这也催发了两年半后的相见。

在火车上经历了三十七个小时的漫漫历程，2006 年 4 月 28 日早八点，重庆菜园坝火车站广场前，终于迎来了两人的第一次相见。那时，为了爱情，我无所畏惧，更不用提漫长的辛劳。手牵着手在她的校园里以及这座起伏的山城里穿梭了几天，更加坚信了曾经的相约到永远的誓言。机场分别前的泪水弥漫以至夺目而出的瞬间，永远烙在了我的心坎。

对于这次相见，并不是贸然行事，相反，我是经过深思熟虑后而作出的决定。我偏执地以为两情若是久长时，又岂在朝朝暮暮，并相信自己可以做到，以此来作为跨越距离的信念。很快，我沉浸并享受在这爱情的甜蜜里，对未来充满着无限的遐想，勾勒着明天的色彩，期待着最终跨越距离的那一天。

爱情序幕拉开后，迅速蔓延到三个城市以及两个家庭之间。暑假里，在双方父母的默许下，我再一次前往重庆。这一次，不再如上次过其家门而不入，我径直步入。一切比预想的要顺利，很欣喜地见到她家人会心的笑意。只是一切显得是那么的仓促与急切，甚至让我措手不及。

归来返校后，生活如常，只是思念的伤痛渐行渐长。

宿舍角落里的铁床还在，
教室里的那些人却已了无迹痕。

大 四

青 春 怒 放

一 ｜ 古建实习　乡情野趣

大四一上来就是古建筑测绘实习，借此可以抒发下历史的情怀以及体味下乡野的乐趣。全班兵分两路，大部分人去了揭阳，我随小部分人马与乙班共赴佛山三水。

总领队是程老师，这让我很是欣喜。老程作为学校建筑历史领域的领军人物，名字是整个建筑系所有学生耳熟能详的，接触过他的人大多都会赞叹其人格魅力，不少人成为了他的粉丝，我也不会例外。貌似建筑学系历来有追星的传统，以女生为甚，而且这不只是局限于我们这一拨人。前段时间跟指导毕业设计的设计院老师们一起吃饭，听闻当年他们也是极其仰慕程老师，只是我们现在多了冯老师这样的新生代人选。

　　然而，当追星到达了一定的层面，即便远不及杨慧娟，也将会呈现另一幅局面。如今，放眼望去，整个建筑学院，男老师与女学生配对的情形屡见不鲜，我们的几位任课老师都是典范。"读个博，女朋友就不用愁了，你看我。"这是我们敬爱的老师曾对学生语重心长且发自肺腑的教导良言，对此，我深信不疑，就连陈某这种打着炒更的招牌，骗取学生做苦力后不提分文的猥琐人士，混个博士以后都可以忽悠个娇美的小媳妇，更何况别人。实不相瞒，这也是我当初幻想读个博留守校园的一个不可忽略的因素。

　　扯远了，言归正传。在佛山三水的祠堂里测绘的时光是难忘的，每天拍拍照片爬爬房顶，工作在嬉笑中进行，还有幸第一次见识了一个剧组在祠堂里现场拍摄，还是由杨幂领衔。由于工作需要基本每人手持一个相机，于是趁着剧组歇工以及演员更衣期间，几个测绘队友临时担当起狗仔队的角色，拿着长枪短炮，进行了各角度全方位立体式偷拍，在杨幂尚未大红大紫时期，就获其春光照。

　　测绘提供了一个公费吃喝玩乐机会的同时也很好地促进了同学间感情的交流巩固，也给我提供了一个鞭策自己练习 CAD 的平台，让我从第一次画 CAD 图进化到迈出菜鸟的行列，更为我提供了一个炒更的阵地，以致画测绘图修复图成为了我大学炒更生涯的主题。

　　不得不感谢王博，感谢程总，感谢孙工。不仅是因为我从他们那有古建知识的获取，也因为他们日后为我带来了经济效益。

二 | 山城重庆　围城爱情

　　十一黄金周，我再次出现在重庆。这期间，赶上了中秋节及她姐的一个婚礼，在喜庆而又团圆的氛围下，我不得不面对大妈、二姨、三姑、四娘以及表姐、阿哥、外公、外婆一系列相关人等，我只能用麻木的点头慌乱的挥手来遮掩一颗快要窒息的心。出现在这个家庭公众的视野，我应该感到欣慰，然而心底却又有泛出一丝莫名的畏惧与恐慌。

　　这是半年之内第三次踏进这个城市。对于重庆，之前我一直无法用文字描述，因为我认为它在我的持续感悟中会得到进一步感知，任何即时的感触都会得到更新，最初的印象也很可能被改变甚至颠覆。

比起我之前所一直心仪的成都，重庆是一座更具有活力的城市，它是向上的、是激情的、是前进的，是个甚至可以让石头疯狂的地方。它所占据的地位与分量也仅次于北京、上海、广州、深圳这几个一线城市。撇开其悠久的历史与渊源的文化，纯粹地讲，只是在群山之中硬生生的建出一座城，就会让人觉得重庆拥有非同一般的魅力。在全国城市同质化的今天，重庆依旧是一个识别性极高的城市。遍及的桥梁，起伏的道路已经构筑了一道其他城市无法复制的景观。而女色，也已经成为城市的另一道风景，我一直认为巴蜀女子说话所散发出来的是最性感的声音。当我不曾到过重庆的时候，一直以为它是个阴性的城市，因为在美女作为城市名片的光环下，老汉们愈加黯淡无光，不足称道，然而，当目睹了飞桥陡坡点缀、群山大江环绕的立体城市面貌后，我感受到了其雄性而豪壮的一面，阳刚之气扑面而来。只是夏日持续的高温，及每年百余日的雾蒙的空气，便让人觉得重庆不是一个理想的地方。

成都，被称作是一个来了就不想走的城市；而重庆，对我来说，最后却沦为了一个走了就不宜再回来的城市，甚至有时会成为禁地以及敏感词。

三 | 自力更生　创收征程

　　十一假期结束，重庆归来后不久，古建测绘实习也很快告一段落。然而，这只是测绘作为必修学分课程的结束，因为后面我炒更历程的项目里面大多都与古建相关，只是它已经转化为我短期谋生的工具。

　　刚交完三水的图，一个从事古建筑测绘与修复的公司开始拉拢我们帮忙做事。于是，JJ、麦兜、涛哥与我跟随程总、孙工开赴东莞塘厦镇，在一个村头的危房内外绕了三天后返回。当时，差旅补助费学生价为每天一百元，一个星期后，交了几张图又发了一千二百元，这个数目已经超于自己的预期值，而且这是我的处女更，相当欣喜。后来跟程总提起我的处女更是献给了他，程总爽快地要给红包。

后来，跟王大奶三番五次下东莞，乡下的祠堂书房猪圈以及荒山里的坟场，曾经都是我的工作场所。画测绘修复图即便都是些非常枯燥的事情，然而确实是提高物质生活水平的好途径，也不忍拒绝。无论什么活，收获报酬的数量与速度往往能决定人的趋向，这也是我长期坚守在这个阵地的重要原因。

去了那么多次现场，基本上都是东莞。东莞果然是个有钱的地方，随便一处破败的危房都可以由政府当作古建文物来给供养，然而很多穷地方的好房子因财力不足而得不到有效保护，也只能任凭其破败下去。看来很多时候文物的数量不是靠本身的历史与价值，而是由当地的经济水平决定的。只是东莞物质文明在达到一定高度时精神文明却没有及时追随，与物质文明的急剧膨胀相得益彰的却是色情业的蓬勃。

画了那么多测绘修复图后，发觉相当部分古建筑保护项目很大程度上是一件比较枯燥的事情，技术含量偏低，有时甚至不需要任何设计，这也是后来我放弃考研去读历史的原因。当然，在经济效益上，它会有自己的优势，不管黑猫白猫，能挣钱的才是好猫。研究生考试结束后，王大奶顺利成为程老师的得意门生，九一八路二十号的大梁就靠他撑着了，无论以后是黑猫白猫，猫警长的位子短期内势必是归属于他了。

关于炒更，基本上是每一个建筑系学生大学时代所必备的经历，我只是在大四一年里有过多的接触，大五以后就没沾染过了。期间，仅有的两次参与非古建筑项目的经历不堪回首，至今讨债未果，且我还倒贴进去一些费用。有关当事人之一的陈某，在我记忆储存空间里有两个片段：其一，第一次面谈，道貌岸然的他声称绝不会在经济上亏待我们，一定会让我们满意，而项目结束后，却从不主动提钱的事，我分文未取。其二，一次加班到很晚，他迫于无奈，请宵夜，给五个人点了六个菜，绝大部分是青菜土豆之类的纯素品种，明罢着是欺负，把我们当作都是吃素的了。

在很多个摸着空扁钱袋的夜晚，我觉得很冤，想过泼油漆，想过断水电，想过涂粪便，甚至还想效仿讨薪未果的农民工兄弟一样吊死在他工作室前，可惜作为一个半知识分子和伪高素质人士一件都没干。后来，听说一个传闻，一个与我有类似冤情的讨薪未遂的同仁，不忍着吃素了，在深夜时分，提着一把砍刀，在作为当事人的老师的豪华小车上画了一幅抽象钢笔画，而这债主恰是大学初期建筑学启蒙教育时教导我们练习钢笔画的师长，这招算是以其人之教还治其人之身，真是振奋人心，鼓舞士气。

在此，望后人以我为鉴，炒更前，摸个底，探个口碑，勿蹈覆辙，悲剧重演。

四 | 境外兼职　澳门遗事

　　大四的那个秋季，有个去澳门的机会，公费吃住，回头还有报酬，便欣然前往。

　　在我刚进大学的时候，几个老乡师兄就曾向我说起我那个建筑学专业读大五的师兄很犀利，前段时间还跟过老师去澳门做项目，回来后还发了一笔钱，害得我艳羡了一好段时间，以为是去做学术交流或者外派学者，反正能往多美好就往多美好想。后来，轮到我碰到这档子事，倒也觉得巧合，并且好笑，其实这也只不过是学院老师在澳门接的一个期限比较长的大单，都是给澳门申请世界文化遗产做古建筑资料储备，当苦力炒更而已。但是，即便是苦力，也乐此不疲。

　　加上下学期4月份的又一次前往，前后共在澳门呆了将近两周的时间。在澳门的那段时光还是蛮难忘的，白天一群人在教堂或者修道院里干活，傍晚之后就游离在这个资本主义制度下小城的大街小巷以及赌场。期间发生了两件比较囧的事，一次我穿着背心跟大奶、小锤、大兵去葡京转悠，被当作陈浩南之流，拒之门外，坚决不让进，自己愣是一个人在外面晃悠了一个多钟。另一次是在电梯间里被一个失足妇女挑逗，一段电梯里只有我和她共处的时间里，她双手忽然伸向我左腿右边右腿左边，我大惊失色后，迅速从防守模式调整为攻击模式，直接摸了回去，不过是朝向上面两点，也算没亏本，然后迅速而仓皇逃出电梯，这成了我与妓女的第一次亲密接触。

　　赌场与色情已经成为澳门这个城市最繁荣昌盛的产业，遍及的赌场已经使其超越拉斯维加斯跃为全球第一赌城，满街的妓女几乎让人相信这是个嫖妓合法化的地方。然而，似乎澳门人对此却显出非一般的理性，赌场与色情只是用来创收的，是工作而非生活，赌博与肉体似乎都只是外人的游戏。两个星期的逗留，让我觉得澳门是个很惬意的城市，富有浓厚的生活气息，它的建筑形式街道铺地及空间格局，会给人一种欧洲小城的感觉，可以清晰地感受到它与国内任何一个城市有着质的不同。

　　比起欲望都市香港，我倒觉得澳门这种小城更适于作为安身之处，小城会给人以恬静的感觉。对我来说，安身也只存在抽象可能性了，日后多去几次倒是完全可行，而且很有必要。

最后，我想说我非常想再次见到葡京酒店下面成群结队的失足女性，即便只是从审美的层面。

五 | 湘西凤凰　与友同往

　　多亏了藏膏药，木小马受伤的小腿基本痊愈了，可以一道前往湘西了。不然在被未小央放了鸽子的前提下，我又要孤身上路了。

　　之所以选择了凤凰，是因为我想要走遍诸如宏村、阳朔、凤凰、丽江这样的地方。至于木小马，他是故地重游了。我是后来才知道的，三年前的夏天，在这块湘西土地上，他曾有过一段"没有哪段感情比那段更心酸"的感情。仅是这一个理由，我认为就足以故地重游了。倘若是我，我也会作出同样选择的。

　　于是，4月3日的夜晚，我们开始上路。几乎同样的装备，大容量的登山包、深黄的登山鞋、深蓝的牛仔裤。这样的感觉很好，去远方，在别处。五号，凤凰的午后，天很蓝，美得甚至有点假，仿佛效果图一样。两个人登上一个山头，各自坐卧在青石板上，就这样一直坐着。发呆、幻想、眺望。没人执意要离去，就这样静静的，沉浸于这份春色、这份阳光，还有这白塔、沱江、虹桥和吊脚楼所共构的图面里。那一刻，古城凤凰看起来很美。我们似乎也是，且不寂寞。

那个傍晚，见到了重庆幺妹儿。嘹亮的重庆话儿，把木小马挠的心坎直痒。索性，我把更多的时间留给他们两个，让木小马更贴切地感受重庆的话儿和重庆的妹儿，以便他借此意淫下重庆，毕竟他已向往重庆很久了。而我不同，关于重庆的一切，我并不陌生。离别前的那个夜晚，酒吧从青石到流浪者、啤酒从嘉士伯到艾丁格、烟从白沙到黄山。木小马在台上抱着吉他，闭着眼睛，一副很陶醉的样子吼着许巍的《在路上》，那一刻，我在台下撕心裂肺地跟着呼喊。我曾无数次幻想，怀揣着吉他，走向远方，不停地奔跑，不停地歌唱。然而，我那把吉他早在七年前就已经变得腐朽。

惊奇地发现和木小马有很多类似的狂想症，以致做出很多别人眼中或不靠谱、或特立独行、或匪夷所思的事。记得后来，临近毕业，和木小马勾搭到一起要去电影院看一部爱情文艺片，两个双脚沾满青春燃烧后的灰烬，两个双手抓满欲念疯长后的野草，两个双眼充满灵魂躁动后的波澜，两个伪理想主义的陈年老爷们一起突兀地出现在情侣专场。还好，我们成功做到了淡定地忽略周边不明真相观众的三俗眼神。

第二天，一觉醒来，脑袋发蒙，嗓子沙哑，咳嗽不断，淫雨霏霏。决定提前离开，我没有依依不舍，也没有想要故地重游的心境。我想，我成为了凤凰的过客，茫茫人海中的一个过客而已，一晃而过。

　　对于木小马，守望者酒吧的大门三年后向他关闭了，一段感情演绎的一段故事被紧锁在门后。而另一段故事却在流浪者酒吧展开，那一夜，有我、有他、有她，还有她们。在凤凰古城，守望者、流浪者，一夜情的故事还等着他去在他的理想世界里延续。

　　而我，也要去继续寻找自己的理想世界。

六 | 往事如风　情已成空

就在两人第一次重庆相见后满一周年的时候，我信奉了长痛不如短痛的道理，选择了放弃，而她却在为我准备着周年礼，这更映现了我的自私与势利。

感觉到两个人的爱情天平已经被打破，不知道什么时候开始起，天平的重心总是逐渐在朝我的方向倾斜，她的无私也愈加映衬出我的自私，这对她不公。想着要努力改变，却始终不见成效。"两情若是久长时，又岂在朝朝暮暮"是牛人的游戏，而我是凡人，脱不了俗。我们最终也没能跨越距离的阻挡，败给了织女与牛郎，倒在了鹊桥上。两个人不在一起的时候，无限思念带来漫长的伤痛，而同居一处的时候，三两天后便觉乏味，倦意骤生，当无论在与不在一起都会有痛苦的感觉，也是该结束的时候了。不知是不是应验了一年之痒的魔咒，当我喊声"老婆"觉得拗口，说"我爱你"觉得生涩，忽略优点放大缺点，甚至一直纠结在体重上的时候，爱情已经变质了。

或许，天平的失衡，距离的伤痛都是借口，我的自私与贪欲才是根由。我不愿被束缚在近似于婚姻的爱情形式上，也不愿赤裸地暴露在整个家庭的目光之下，我开始倾情于身边的甜蜜而抵触遥远的思念，我觉得我仍然需要别样的经历来点缀人生，我也没有足够勇气放弃广州的便利而投奔重庆。在"执子之手，与之偕老"面前我成了一个孬种。曾经的豪言壮语，山盟海誓都成了谎言，经不起时间与空间的锤击，变得苍弱无力。觉得自己的脸庞像被抽了巴掌，火辣辣地痛，甚至面目可憎。

之后，不忍继续见到她的伤痛，试图去挽回，然而没能改观，于是，泪别了重庆，六次往返之后，决定不再回来。

爱情是副感冒药，不仅能祛除生理的苦不堪言，也能驱逐心理的辗转难眠。爱情却又是青霉素，能快速祛除伤痛，却同时有易过敏的风险，并足以致命。

重庆从此成了心中的痛，我甚至会觉得愧疚于这个城，更不用说她及她的家庭。没能够做到不离不弃，我鄙夷了自己，觉得自己不配拥有完美爱情。这也纵容了自己的流里流气，把自己对爱情的期待值推入了谷底，以致后来更学会了逢场作戏，习惯了触及身体而不深入心理。

　　而现在，除了衰老，我们对彼此的情况一无所知。

七 | 校园暴力 枪械出席

2007 年 4 月 25 日，我有幸及不幸第一次亲身感受到了持枪暴力场面。

那个傍晚，我跟王大奶去校门口的一家韩国餐馆吃饭，下完单坐在收银台旁边的桌位边等吃，没多会，只见成群结队的人从门前飞奔而过，正想凑到门口探头观望下发生了什么事，这时见到尾随在狂奔人群背后是一群手持钢管身着统一制服的人，前面有一个握着手枪的人开路。这种只有电影里才上演的场景就发生在眼前，顿时把我给镇住了。老板娘果断关门，一声令下，然后全部人撒腿往二楼上跑，躲进餐桌下面，只听见外面劈里啪啦一阵响后门口一声巨响，当时以为有人往房间内开枪，恐惧至极，毕竟刚发生没多久的美国弗州校园枪击案的阴影仍荡存在世人心底，心想是不是本土版美式校园枪击案在这里上演。噪音消失后好一会，众人从桌下钻出，走到楼下。发现有人手捂粘有血迹的眼睛，说是玻璃碎片击中了面部，原来刚才的巨响是钢管击碎餐厅玻璃幕墙的声音。走出门外，整个五山科技广场一片狼藉，基本上所有餐馆的店面都被砸坏，那群打手们也早不见了踪迹。公安部门继续延续着历史规律，在肇事者消失后马上出现，不早不晚。事后晓得，肇事者在刚登上广场的时候放过两枪，有不少学生被打伤，而事故是源于物业纠纷。

就在这之前，广州在标榜自己是座有安全感的城市，我想，在听到这样的宣传口号后，地球人都笑了。一个枪声四起、飞车党横行、偷抢公然的地方，一个经济高度发达、人口素质普遍低下的地方谈何安全感城市。

事实上，在校门口我不止一次遇见暴力事件。一天中午，去西部面点吃饭，发现很多人在附近围观，凑近一看，西部面点全体员工在门口与几个穿制服的人火拼，菜刀什么之类的都亮了出来，砍了一会后都流了不少血，双方分离开后，在门口对峙起来，里面的西部面点男向外挥舞着刀泼着石灰水阻止增援的制服男们进来，制服男手拿钢管很无奈，只能在外面摔桌子砸门，可惜面点的玻璃门太结实，钢管都砸不动。高潮已过，没激情再看下去，而且血腥的场面也影响了食欲，于是就撤离了现场。

说到安全感，个人觉得，增加安全感的一种有效方式是给别人制造不安全感。这也是我一直走伪流氓路线的部分因素，人善被人欺，这话是在理的。当然，在给别人制造不安全感的时候要掌握好度，否则就很容易沦为了真流氓，派出所就要请你去喝茶了。

八 | 寻欢作乐　告别宿舍

　　由于炒更有所积蓄，大四那年成了本科五年之中最富足的一年，而金钱的直接作用是体现在改善物质水平及提高居住环境。在王大奶的怂恿下，打着为了给炒更提供便利场所以促进工作与金钱良性循环的幌子，2007 年 4 月 28 日，我搬离了宿舍，移居到瘦狗岭路。毕竟，宿舍狭隘的空间无论在心理上还是生理上都不能满足需求。

　　为了找房安家，我与大奶可谓费尽心思。起初目标锁定在东区九一八路附近，在对中介失望之后，便在夜深人静时，打印出一摞求租广告，躲着保安，偷偷摸摸往各住宅楼及电线杆上张贴。然而，第二天却都不翼而飞，不见了踪迹。失望之际，决定更替黏贴材料，换双面胶为糨糊，我们贴得如此辛苦不能让他们揭得容易。于是，我跟大奶在月黑风高夜再次行动，我抹糨糊他贴广告，糊得严严实实，密切配合，鬼鬼祟祟地把凤凰新村给绕了一整圈。为了自己的私利，我们也实属无奈，给校园制造了城市牛皮癣，在此略表歉意。

别离了812，走进了203。告别了北十一，告别了北湖，告别了北区。我矫情地以为我逃离了宿舍四个人共同的孤单，出来谋取一个人的狂欢，然而离开后我却心生想念。

七十多平方，两房两厅，两个男人，虽不相依为命，但也患难共生。还记得刚搬迁后不久，碰上赶住宅小区规划正图，每天一起去西部面点吃面，几乎吃了快一个月，以致最后我正图都有着拉面的气息；我也不会忘记，一天我拉稀拉到昏厥，大奶半夜送我去医院的情景，以及我半夜敲门借套时大奶一下拿出俩的表情。当然，我也会记得我被一双臭袜子熏到想吐要窒息，忍无可忍把那双人间极品丢弃后，被追讨索赔了一个学期；更会记得他借我的电脑赶图，因储存空间不够，将我几年来孜孜不倦收录的毛片整个儿删除，惹我想要动怒挥拳。其实，只是一个共同意义就值得我们对203铭记了。那两房两厅成了我和王大奶彼此的破处地，在同一个月份，我们在相邻的两个房间，时差二十天，各自完成了向男人的蜕变。

5月1号劳动节那天，203的日子被画上了句号，由于租约到期，我们要搬回宿舍，在校园耗尽最后一个月。203的时光是难忘的，203 的故事是精彩的，很荣幸能有大奶的参与。

　　以后再牛逼的日子也抵不过一起傻逼的岁月。以后再豪华的盛宴也抵不过同吃的一碗泡面。

九 | 虫现饭堂　处乱不慌

学校很大，大到校园内跑公交车，大到东区与北区的情侣因为异地恋而分手。另一个大的佐证在于整个五山校区当时拥有很多个饭堂，多到有些饭堂很多人大学期间从未光顾过。直到大四快要结束的时候，我才光顾完学校所有的饭堂。

而饭堂之间的餐饮水平参差不齐，我们运气不好，当时整个北区唯一的一个饭堂的口碑是居末的，这样在身份相同的情况下，我们的伙食水准在全校长期保持在最低层面。这点让刚进大学的我就意识到世界是不公平的，即便是在代表着知识文化纯净的地方。不过当不公平事件所涉及的人群基数大到数千人以上，那这种不公平便被淡弱虚化了，甚至变得理所当然了。

学校饭堂的命名很索然无趣，例如，学生第一饭堂，就简称学一，其他类推，诸如学四、学六。提到学六，想起有一师妹说过的一件趣事，她曾经在网络日志上描述关于在学六四楼吃饭的事，却怎么都发表不了，提示文章内容违禁。其百思不得其解，最终，豁然开悟，把学六四楼改为了学六的四楼，然后顺利通过。俨然，我们已经成功步入和谐盛行的社会。

然而，无论哪一个饭堂，只要眼神认真扫描一番，定会在青菜里发现虫子的尸体。可是对于这样的同一场景，随着青春的成长，在不同的年级段却表现出了不同反应。

大一时，青菜里见到虫子，会骂骂咧咧地把饭菜粗暴地全部倒掉，然后再也没了胃口；大二时，青菜里见到虫子，会嘟哝着将这份菜倒掉，然后再打一份其他的回来；大三时，青菜里见到虫子，会默默地将尸首周边部分拨出去，照旧吃下其余的部分；大四时，青菜里见到虫子，会娴熟地将虫子剔出，然后若无其事地继续进食；而到了大五时，已经发现不了虫子了，因为懒得再动用眼睛了，直接动口将青菜吞下去，即便吃下去，也根本不在乎了。

随着年龄的增长，阅历的丰富，我们真的是变得越来越淡定从容了，处乱不惊，见虫不慌。我们都被青春撞坏了腰，遇到糗事也不嫌骚。

十 | 星座孽缘　虚伪生憾

　　身为狮子座的我，感情路上屡遭挫败后，逐渐认可了星座，并对白羊座与射手座产生了强烈的好感。

　　5月的一天，我在中山像前，邂逅到那个射手座的姑娘，如同久旱逢雨一样，我的心脏砰砰作响。随后，一切顺风顺水，我以为这样下去只是水到渠成的事，选择了小火慢工，而没有急火攻心。

　　一天，这姑娘给我看了一条短信，说是有一个我们学院她不认识的男生约她吃饭。那段时间我正赶上炒更热潮，无暇兼顾，更懒得理会这种的心理暗示，冷言冷语说让她自便，她赶忙回应说自己才不去随便跟陌生人吃饭，还说对方是个神经病。

虽然我口头表现冷漠，但当时心想着，不能再拖了，等忙完这一单，就把她给束手就擒。然而，即便八级抗震设防的爱情也经受不起小三违章搭建的努力，更不用说在我这没有抗震设防的眉来眼去时期。当我空闲下来，以为收获的季节到来的时候，她却成了别人的囊中物。这个别人正是那个短信的陌生男子，而这个陌生男子恰是我一点都不陌生的同学 C 君。

世界真小，比 A 罩杯还小。勾女撞车的悲剧都能上演，而我恰是悲剧的男一号，而这个悲剧性巧合的背后隐藏着另一个戏剧性巧合，直到最后我才弄明白个中原委。

我的另一个同学 B 君当时的暧昧对象与这个射手座的姑娘竟是同班同学兼隔壁宿舍，这是一次他们两人尾随我后发现的，只是那时我尚蒙在鼓里。一天，B 君问我是不是在追求那位射手座的姑娘，鉴于距离上一段感情结束不久，我思索了一下给了一个否定的回答。明明想要，却又口头上说不，这是何等虚伪，然而这种虚伪却四处可见，男女皆有之。譬如男人喝酒，推推搡搡，不就范，以量浅为由拒绝，声称自己不是能喝的人。抵抗未遂，觥筹交错后，面色红晕，醉意萌生，主动嚷着继续的还是他。譬如女人上床，推推搡搡，不就范，以自重为由拒绝，声称自己不是随便的人。抵抗未遂，仰卧起坐后，面色红晕，欲念四起，主动嚷着继续的还是她。同样是虚伪，只是我的虚伪需要付出沉重代价，让人悔憾万千。

由于当时 B 君与 C 君合租于校外，姑娘们经常造访，其乐融融。于是，B 君的暧昧对象欢快地把射手女推荐给了 C 君，声称这样的好姑娘不能流外人田，后者毫不含糊，快马加鞭，于是，射手座的姑娘成为别人鞭下的猎物。

　　而我，只能望洋兴叹。

十一 | 离别预演 挥手再见

2007 年的 6 月，再次感受到了离别的气息，只是这次比之前的几次都要强烈。眼望着身边同一年入学的其他同学提着行李箱，大包小包的扛在肩上，载着四年的青春消失在这梦想起飞的地方，觉得毕业离自己越来越近了，直逼眼前。

6 月底的一天，被邀请陪拍毕业照，我当作绿叶在西湖边把未小央、沐小马跟阿宇映衬得无比灿烂。7 月前的夜晚，邀请了同级的老乡在 203 自助晚餐，为他们送行。作为四年前从同一片土地不远千里来到同一个学校的一群人，也到了说再见的时候。化工专业的阿宇要去深圳造电池，电力专业的超哥要去湛江发电厂，造纸专业的许要去北京读研，电信专业的陈君去成都猎色，而我成了依旧驻守在广州唯一的一个。过完 6 月之后，他们将各奔天涯，不再相见。

　　北区的宿舍楼几乎人去楼空，同时入学的五千多人基本都离开了，唯有剩下我们这一级建筑系的一百来口子。于是，开始庆幸自己有大五可读，不必在那个时候与他们一样忧伤。接下来大五一年基本上是生活在校园的边缘，也可以当作是毕业前的过渡时间。那时还自以为搬离宿舍提前离开了校园步入到社会边缘，作为一个缓冲期，可以减轻毕业别离时的伤感，然而后来证明这是错误的想法，因为最后离别时我心中的哀凉丝毫不比别人低。

　　7 月初的那几天，在校园里悠闲地漫步，整个校园比平日安静多了，离别的气息已经被接连的暴雨湮灭。西湖的波光和人文馆的倒影依旧让人迷恋，从东湖尽头的石凳上转移到西湖厅下面的座位上，继续发呆继续观望。总喜欢找个地方静静地坐下，试图把这里的一切在记忆里烙的更深刻些。不带有告别的惆怅，也没有离去的哀凉，如同低年级时候一样，还可以很质朴地享受着大学生活。只是觉得自己越来越珍惜这最后一年的校园时光，越来越觉得校园更加漂亮以致舍不得离去。

　　那时，矫情地以为比起同级的其他人，我们是幸运的，因为我们还在校园扮演着角色，而他们已经成为了过客。而如今，我们已追随他们的步伐也将沦为过客。

十二 | 毕业实习 中途逃离

这个暑假是大学本科期间的最后一个了，身边的人都在忙碌着，觉得自己与其在家闲耗着不如回广州找些事情做。想找个地方实习，也好给一年后工作做下铺垫。那时还是想着毕业后去设计院工作的，为了提前储备些经验值，我踏上了实习的路，单位是市规划院下属的某建筑设计咨询公司，地点在电视台对面的建设大马路边。

早上七点多就得出门，晚上回来时已经七点多了，太正常规律的生活让我觉得有些不正常。早上，去公司，别想在公交车里坐着，234 路辆辆爆满，我只得改道去华师那边蹭 191 路，还好车里能站下人。下班回来，就更惨不忍睹了。一天暴雨，正赶上下班那个点，下完雨之后，公交车站是人头攒动，懒得削尖脑袋跟着挤，我愣是从花园酒店一直走到天河城。下班要跑好远去搭地铁，不敢坐公车，担心在公车里跟女人们有太过紧凑的肌体接触，免得一不留神遭个性骚扰的美名。挤公车的时候，旁边要是个姑娘的话，我一般都会把手往高处放，不然担心一不小心触及到胸前敏感部位后被女人的目光杀死。这些也只是上下班的艰辛。当坐在珠江规划大厦 27 层里，整日被颐指气使，只能对着显示器画卫生间的大样，周围是压抑的空间和冷漠的面孔时，我想到要逃离，我痛恨这样的生活。上了几天的班，觉得像几个月一样漫长。在伪白领的面罩下折腾了一个星期后，我快要窒息，于是决定毅然离去。

顶着白领的光环，穿梭在写字楼间，拖着疲惫的身体在清早与黄昏出没，为了居有房、行有车、睡有陪，不辞辛劳，有时觉得这样的生活还真悲凉。结束了那一个星期的实习后，便对上班工作很消极抵抗，以致开始犹豫是否有必要读研。

青春是一场春梦，

我愿**长睡**不醒。

大 五

青 春 散 场

一 ｜ 大五居高　芳华渐少

暑假回来后，我们成为了99％的本科生的师兄，知道在学校的时日也不多了，自己在有意无意中会更多地在校园内游荡。绕完东湖绕西湖，励吾楼旁边的石凳上静坐或者西湖厅前的椅子上观望。时而，可以见到一张张嬉笑的稚嫩脸庞，不用担心离别，不用忧心未来，忽然间我会被他们怒放的青春折射得一无是处。

那会儿倒还算很能理性地看待毕业这件事情。大学时代固然是美好的，但知道那注定不能长久，过于长久则就坏了味道，这和美酒不可贪杯一个道理。相信很多男人都深感做爱与睡觉是人生两大美事。然而，濒于嘿咻者，体虚目眩；贪于卧床者，昏沉慵懒。皆不得好果。这无不在告诉我们一个道理，美事儿不能久享，或许，幸福的事儿本就只适合浅尝而止，切忌贪得无厌。

那天路过西湖厅，新学期刚开始一个星期，正好是新生入学报到的时候，只见到稀落的几张桌子负责接待研究生，绝大部分本科新生，除了建筑学院的，都被流放到大学城。校园内，已经很少能看到大一新生稚嫩的面庞，也很久没见到新生军训时飒爽的身影，有时总觉得缺了点什么。想起五年前，一个个稚嫩的脸庞，面带生涩，提着大包小包的行李，初入校园的时候，报到地点西湖厅门前的阵势是何等盛大，人声鼎沸。我们这一级，对于每一个有处女情结的人，想必都应该会对西湖厅有着特殊的感情。尽管它很破旧，然而它却载负着我们对这个校园的初始印象。

记得04级新生入学的时候，报到地方依旧是西湖厅。那会儿我还在学院学生会占一官半职的，迎新接待新生的事都是上一级负责。第一天报到的下午，轮到我站岗。站在建筑学院接待新生的桌子前，倍有师兄的味道，吼着嗓子回答一个又一个问题，时不时的还要帮忙扛行李上楼去宿舍。当帮一个读景观的师妹扛着大包行李爬上西十九七楼宿舍，转身离开的时候，只听到一声"谢谢叔叔"响彻天空，震得我毛孔悚然。那时，还会觉得很诧异，倘若现在被大一师妹喊叔叔，我都会心安理得地回应。这个学期，每当遇见07建学的老乡师妹时，她都展现出一种非常拘束的表情，代沟很明显地在她脸上浮现，这让我觉得自己真的像个叔辈了。

除了迎新以外，地处校园核心位置的西湖厅在南方理工大学承载着太多的功能，基本上担当了商业综合体的角色，其周边一带成为校园内最繁华的区域，这是一块很具校园生活情怀的场所，即便它有些破旧及简陋。

二 | 矛盾抗争　考研征程

结束了市规划院那短暂的实习日子后，我陷入了矛盾之中，有些无所适从，不知道自己一年之后的路会在何方。

初入大学的时候，我是坚定要读研的，信誓旦旦的，甚至已经把自己默认为未来硕士生，"民工身体、硕士头脑"在大一时就已成为我鼓吹的奋斗目标。到了大二的时候，我觉得我要出去走走，不甘心只守在社会主义国家，便萌生了去资本主义国度观望一下的想法，避免陷入坐井观天和夜郎自大的尴尬。进入大三以后，我不愿去读研究生延续本科时代的煎熬，也不愿忍受追逐绩点的疲惫，于是决定先出去混上几年。然而在大四末期，即将步入大五，在需要作出最后抉择的时候，我却不知所措，陷入了迷惑。

那段时间我甚至觉得自己有些妄想症，有时我会想着我去做个潜心修学的人，硕士、博士一直读下去，也可以儒雅一番。让自己努力去做个有学问的人，成就为一个财色兼收的学者；而忽然又会想到去做个商人，签工作到地产公司混几年经验，然后回乡下炒炒地皮倒倒房子，投资经商，发家创业致富；也会忽然发疯地想到马上去设计院，觉得做个建筑设计师也很光鲜，牛逼闪闪，也可以继续追逐几近泯灭的有关职业建筑师的理想生活。

在选择性矛盾的抗争中，自己变得愈加无聊，而且竟无聊到去自修室看书驱逐寂寞的地步。本抱着去陶冶情操的态度，结果几天下来，竟然陶醉了，觉得自己对看书做学问还是蛮有兴趣的，于是，兴趣在驱使我继续。后来，我摆脱了无聊也丧失了兴趣，然而我却觉得不能半途而废。半途而废是人性的一个软肋，我想要避开，于是，我选择了继续前行，直奔一月份的研究生考试。那时，我觉得几个月后的结果对我来说，已经不是很重要。一定程度上，考研对我来说只是为了一种经历、一种过程。一种抗争无聊的过程，一种挑战自己的过程，一种重拾坚韧的过程，一种磨炼耐性的过程，一种体验生活的过程，完成了这次锤炼一定可以进一步促进我的成长，于是我决定要坚持下去。

就这样，我踏上了考研之路的征程，而决定的过程却很滑稽以及随性，甚至会让我觉得这有悖于我平日面对大事所主张的冷静与严肃的态度。

三 | 辗转他方　心渡珠江

作为南方理工大学建筑学的学生，无论是选择了中大还是选择了城市规划，都是会受到一些人的非议。

比起城市规划专业，建筑学应该是更受欢迎的，至少在招生分数上可以体现，可以见到很多人从规划转向建筑，却罕有人从建筑过去规划。至于中大，在综合实力上是胜于南方理工大学，然而在建筑设计与城市规划的领域是要逊色一些的。田忌赛马的道理谁都懂，南方理工大学的一马势必是可以赛过中大的二马的。然而，我却屏蔽了外界的声音，跨了专业也跨了学校，选择了报考中大的城市与区域规划专业。

在最初去自修的那段时间里，我做过很多种尝试，看过建筑史，也翻过构造书，可是都提不起神，然而城市规划原理却能让我津津有味地投入其中，一个星期我就把厚厚的五百来页给翻了个遍，这让我觉得我对城市的兴趣是要高于建筑本身的。我开始尊重兴趣，而把其他的利害关系置于次位，不去计较规划出来后就业与建筑的差别。于是，我决定改去城市规划方向。

　　而移民去中大，是具有历史因素的。高三那年，康乐园是我挑灯夜战的动力，我天真而狭隘地认为我必须考上中大，否则觉得自己的生活无法继续下去，然而后来沦落到复读，犹如从天堂掉进地狱一般困苦。一年后，自己却读了南方理工大学，我虽不后悔来了南工大，毕竟在这里我可以获得中大不能给予的东西，然而始终对中大怀有一种别样的感情，我想让年少时的愿望在六年后得到完成，即便在别人口中中大的城市规划比起南工大建筑学不具有广阔的前景。

　　撇开了南方理工大学的本校优势，也淡化了毕业后的就业便利。作出这样的选择，我更多的是凭任感性而非理性，在面对重大问题需要抉择时，这次我少有的降低了理性。缺乏理性的决定，让我付出了代价，倘若我当初选择了南工大，结果或许是另一幅景象。然而，世上没有回头路，我也并不为自己的感性而悔恨，即便我现在依旧是中大未遂者。

　　我努力了，追逐了，就已经足够。不求尽如人意，但求无愧于心。

四 | 修男生涯　酸甜年华

为考研而付出的那五个月是刻骨铭心的，虽然没有全身心投入，但也以图书馆为阵地度过了将近一百五十天。坚持到最后，没有半途而废，这也是我最欣慰之处了。

中午十一点起床，然后在学三饭堂吃饭，正午左右在图书馆坐下。晚上九点正负三十分钟，背包闪人。期间，通常会不小心睡着一小时，不经心走神两小时，有意识散步两小时。绝大多数的日子，我在执行这样的作息。我不得不承认我是业余考研者，但我却沉浸并享受在其中。较之于周边的研友，自己的工作时间少得可怜，但我会努力保证学习效率。

同大多数苦行僧一样，在复习备战的过程中，我也要承受被翻译蹂躏、被作文侮辱、被毛概折磨、被邓论摧残的苦闷。英语的阅读理解更是让人头痛，却是重中之重，必须要跨越的。都说女人难以琢磨，让人无法理解，那时会觉得阅读理解比女人还要可怕，还要难以理解。倘若征服了阅读理解，我会觉得自己征服了整个地球，那将一定是一种很美妙的感觉。于是，我便以征服地球的豪迈为动力，迎难而上。

除了泡图书馆，有时周末要去华师上政治辅导班，平日也要跑去中大旁听专业课。经常搭乘197路车往返，这路公车的路线正好贯穿了这三个学校，也载负着我追逐路上的心酸。

离考研时间剩下两个月的时候，周边位置逐渐有面孔在视野里消失，不少人选择放弃，一些人也处在了崩溃的边缘，见到身边的人都如此艰难，自己有时也会觉得苦不堪言。很多次趴在桌上醒来，犹如噩梦一般，有死了的感觉。然而放弃的念头却从未在脑袋里闪现过，因为我觉得自己没有崩溃的理由。就凭每天平均睡眠时间十小时，就凭平均每两天一场 NBA 常规赛，就凭每晚返家后看《家有儿女》以博哈哈大笑，我是没有颜面说崩溃的。

最后的那段时间，广州秋季般的十二月，天气很好，只是风偶尔吹得大了些。图书馆四楼，阳光斜洒在破旧的桌面，上面依稀可辨"南方工学院"的残存字迹。开始不禁感慨岁月之蹉跎，生活之茫然，考研之无敌。放眼望去，整个四楼，二十余男，三两小女，只让人清心寡欲，埋头苦读。西湖长廊，遍布地产公司设计院的信息，我已无趣，觉得事不关己。

临近考试的那几天，北风是吹得越来越大，图书馆的人越来越少。我还是顶着风，站好在图书馆最后一班岗。那时开始觉得自己会很怀念这里，怀念这里的破桌子与烂椅子，这里不知名的男人们和女人们，以及午后的每一束阳光，还有四楼走廊飞落而下的烟头。

1 月 17 日的夜晚，收拾完桌面上的东西，打包背起离开的时候，环顾昔日人满为患如今渐已人去楼空的地方，一股忧伤袭来，忽然觉得很难过。故意遗留下一些不再需要的物品，想通过这样的方式留下点印记，因为在这个位子上，我度过了漫长的一百五十余天。尽管我只是这个位子的过客，然而对我来说，它却成了我生命中的永恒，已足以让我铭记。

告别了那个位子，告别了四楼，告别了图书馆，近半年的修男生活也算画上了句号。

五 | 兄弟情缘　故事续延

很长一段时间，基本上都沉寂在图书馆，不过 12 月份的一天，我出了次穴。小锤生日，要去唱 K，对于去这种场合我是一百个不情愿。大学五年，也就仅有三次，而且其中两次都是献给了小锤的生日，第三次则是毕业典礼后的全班总动员。

那晚，借着酒兴，两人聊了很久，而那之前好长一段时间不曾畅谈了。跟小锤一起的回忆有太多太多，不过都集中在大四之前。自从他搬离宿舍，加盟五山小分队后，两人甚少见面，距离的疏远造成感情的搁浅，甚至有误会掺入其间。然而这些比起形影并肩的三年，便不值一钱，那一晚，消极的情绪也都烟消云散。

跟小锤的结识我不得不承认是缘，两个出生地相同的人，经过跨省域城市的辗转以及高考的磨难，十九年后能在同一个学校的建筑学院相见，而且是隔壁班，一直都觉得这是一件很不可思议的事，也觉得这是老天的一种恩惠。很欣慰我们彼此都没有辜负这份恩惠，并肩而患难。

　　大学前三年，故事可谓不断。一天晚上，他喝高了，醉生梦死的，站在椅子上忽然在半空中玩倒挂，后脑勺着地下来，口吐白沫。我送半死不活的他去医院，慌忙中还被黑心的士司机用假钞蒙骗，然后在愤慨中守了整整一个夜晚。北区足球场上群殴时，我起初还保持着理性的克制，是在他被踹了一脚之后，我才果断向伸腿者挥拳。这些账我都记着，当然也记得欠他的账，只是所有的账都不需要偿还。大一赶素描作业的时候，他免费当枪手，大部分作业都是他的成果，即便都很难看。后来，我的很多设计作业也都有他的痕迹，刚交完图他还能主动过来帮我赶，往往是拿回宿舍画着就画着就睡着了，以致更拖延了我的交图时间被扣分。再有，三番五次批判我的审美观，多次身体力行带我去购买衣物，致力于提高我的审美水平及改善我的气质形象，即便我现在气质依旧很民工。这些也都只是片段缩影，至于，一起吃喝厮混的夜晚，走道里一根一根的烧烟，宿舍楼顶上无穷尽的扯淡，与男人婆三人组广州街头乱窜，在那三年里都是频繁地出现。

　　如今，那些如烟的故事不会再重现，还好我们同在天河南，故事可以再续延。

六 | 黄昏之恋　百日再见

　　考研过程中的后一百天，贯串着一段感情故事。十一假期的一天，当我从珠海失意归来，在为了刚失去一个最要好的朋友懊恼时，一个艺术学院的姑娘以 203 女主人的身份出现，这给了我莫大的欣慰。

　　这事发生的有些突然，甚至在我意料之外。我是不曾料到自己会在即将离开校园的时候有段黄昏恋，也不曾想到会在二十天内完成入主前的全部步骤。

　　当寂寞的心急剧升温，当孤男寡女旁若无人，当如饥似渴的肌肤相亲，即便我拥有甲级防火的拉链门，也抵挡不住她那后现代主义的火辣眼神，于是，在十一黄金周的最后一天，窗外无数个红旗依旧在飘扬，窗内红色床单开始飞舞。

偶尔在图书馆一起自修，周末一起在华师上政治辅导班，一起吃饭一起散步，看上去貌似应该是很甜美的生活，却被一些繁琐小事冲淡着。我不能容忍自己活在每一条短信带来的质疑下，似乎她具有任意翻阅我短信的权利。我也不愿意被要求满足任意物质需求，似乎她们生来就是被包养的命。谁也没有监督我短信的资格，我也没有去包养任何人的义务，没了尊重，少了自愿，爱情毫无意义，仅这两点已经足够使我决定放弃。于是，考研结束当天挥手再见。

这就是一个典型而俗套的故事，始于考研之初，终于考研之尾。

起初，我以为自己与钢琴艺术般的高雅无缘，却得以与贯通钢琴的姑娘缠绵，然而高雅的背后却是比粗俗的我还要卑劣的媚俗。或许，媚俗正在成为当前艺术学院女生的共同特点。浓妆艳抹的背后是一张粗俗的脸，验证了江湖传言，大学生越来越像鸡，鸡越来越像大学生，两者正在互串路线。艺术学院很多姑娘生活的主题是服装、化妆与金钱，谈论的是哪个他帅以及哪个她衰，向有钱人示爱向没钱人埋汰，斤斤计较勾心斗角，让人看见不了气质发现不了素质。

这种劣性，断然不能代表大多数人，只贴切了少数人的行径。然而，世人是很容易被一叶障目的，恰巧那少部分人成为了最招摇飞舞的叶，以致给艺术学院贴上世上最大妓院的标签。

　　我无意冒犯于她，因为我清楚她断然不属于那少数人之列，甘愿与刚刚脱贫的我苟合而不另寻高枝则已证明她非浅薄。当后来我们再次踏上曾经一起走过的校园时，发现她对共同往事的记忆要强于我。那时我察觉到了她的用心程度是要高于我的，这让我很是羞愧，然而这些都不可能再挽回。

　　或许，这都是寂寞闯的祸。倘若爱情只是寂寞撒下的谎言，那么恋爱不过是欲望的蔓延。

七 | 雪灾寒假　生活减法

　　1 月 19 日与 1 月 20 日，考研时间。中大两天，度日如年。197 上归来，重回南方理工大学，恍若隔世。三个小时为单位，连续四个工作单位下来，我已身心疲惫。终于，我坚持到了最后。至于结果，起初我是怀着 60% 的信心跨过珠江。两天后，数值变为 55%，很遗憾跌出了及格线。然而，值得欣慰的是把握仍处于过半。不怎么好也不怎么坏，目前的状况是不喜不忧。接下来，我要做的是尽量使自己无忧无虑地去等待。

　　在等待的漫漫假日过程中，北方连日的暴雪拉开了 2008 年国难的序幕，铁路中断，回家受阻，我沦为灾民。避难期间，唯有以艳照为趣，感谢冠希，他的卓越贡献让我们普通人也能够达到谢霆锋的深度，可以尽览柏芝的身体。后来，经过空中周转，终于在春节后三天返回到家中。

　　半年多经历了很多乱七八糟的事情，呆在家里，不能平静，心烦意乱。或许我太过于沉浸在过去半年的角色之中，而不能自拔。我开始狭隘地认为我必须拥有中大的校园生活，此生也必须获得那一纸文凭。一天，从书堆里找出来周国平的书，翻了下。说到这么一段话，叫做生活的减法。"这次旅行，从北京出发是乘的法航，可以托运六十公斤行李。谁知到了圣地亚哥，改乘智利国内航班，只准托运二十公斤了。于是，只好把带出的两只箱子精简掉一只，所剩的物品就很少了。到住处后，把这些物品摆开，几乎看不见，好像住在一间空屋子里。可是这么多天下来，我并没有感到缺少了什么。回想在北京的家里，比这大得多的屋子总是满满的，每一样东西好像都是必需的，但我现在竟想不起那些必需的东西是什么了。于是我想，许多好像必需的东西其实是可有可无的。"反馈到自身，觉得我们时常陷入把可有可无的东西当作必需品的怪圈。我们不妨把生命之旅当作限载二十公斤的国内航班，而非六十公斤的国际航班。很多人会把一些没有用处的东西储放在家里，舍不得丢弃，而我犯了同样的错误，偏执地想把很多东西融入并摆放到自己生命里。所不同的只是他贪欲的是客观的物品，而我强求的是抽象的经历。我想，我应该经常适时地为自己的生活做些减法。整个假期里靠这个聊以自慰，捋顺脑袋中丛生的杂草，可以让我享乐这质朴而简单的最后一个假期。

然而，3月初回到学校以后，又陷入了痛苦的等待之中。等待成绩的滋味，就像得了痔疮的男人蹲在马桶上一样，漫长而又煎熬。

八 | 生活如戏　悲喜交替

　　对初试成绩漫长的等待之后，又是无穷无尽的等待。最初害怕的就是面对这种不上不下、不痛不痒的境况，这种感觉就像只有挑逗的前戏，而无实质的深入，让人咬牙切齿、捶胸顿足、焦急不安、痛苦难耐。

　　关于分数，我有两个意外：第一，能考到 346 分让我感到有些小意外；第二，这样的分数却似乎进不了复试线是我的大意外。起起跌跌的事滋生了喜喜悲悲的心。其实 346 分已经足以让我喜笑颜开，我初始的目标也不过 320 来分，然而自己眼中这么性感的分数却要遭到现实无情的鄙夷。在无尽漫长等待的跨度里我感到复试线离我渐渐远去，逐日渺茫。觉得自己可能要去面对调剂，考研的历程已经让我向大学生活的健全更迈进了一步，而又要承受调剂的坎坷，我想我的考研历程也更健全了，考研的酸甜苦辣喜怒哀乐全齐了。

有时，生活就是一出戏剧，而那一个月来我深刻体会到这种戏剧性，一次次意外一波波起落贯穿于此。3月12日，见到346的分数，喜出望外，然而第十二名的名次，给我泼了冷水。按预测的五个招生名额，这个名次进复试希望很渺茫。接下来几天，我怀揣着自以为丰满的分数辗转红楼与27号楼，面部微笑肌肉僵持的面对一个又一个官员老师，试图依靠本土的人情优势获得调剂回南方理工大学建筑设计的机会，一切顺风顺水，看上去很美。黑夜里，我开始情不自禁的幻想，脑海里出现接下来三年跟王大奶在九一八继续厮混的景象。可是，好景不长，我被告知调剂的成功率趋近于零。我努力恢复了平静，第二天，我亲手投出了人生第一份简历。然而，几天后，当我看到专业的复试线为346的时候，我震住了。刹那过后，我开始兴奋，甚至手舞足蹈，继而我陷入悲观之中，我是进复试十二人中的最后一名，处于最劣势。再后来，当我知道排在我前面的十一位全部为中大本校的，我不知道是悲还是喜。之所以悲，我自以为的南方理工大学优势与其他任何一个人的本校优势相比起来，已经优势不再。之所以喜，是觉得只有我一人没有本校优势会成为我的优势，尤其在这个物以稀为贵的年代。

于是，在悲喜交集中开始着手准备复试。

九 | 复试溃败　黯然离开

2008 年 4 月 12 日傍晚，那段曲折坎坷的小说式生活终于画上了句号。没有丑陋的胜利，也没有华丽的溃败，只有中大北门牌坊前转身的离去，只有江边淋漓的大雨肆虐的身体，送别我的是一场大雨，老天竟也会适时的善解人意。不悲壮，也不悲情，唯有失望与沮丧，觉得自己已经陷入且沉浸其中，并想要得到回报，甚至不顾其优劣，即便我脚下还有着另外一条又宽又广的路。

我的 197 巴士终于停开了，而沿途的风景虽不栩栩如生却都历历在目。断断续续，六个月，一百八十余天，终于走到了尽头，戛然而止，不再延续。从初试到复试，枯燥、煎熬、忍耐、曲折、坎坷、喜悦、沮丧、兴奋、期待、幻想、失望贯穿其中，峰回路转，跌宕起伏。喜怒哀乐、酸甜苦辣，所有的感觉都齐了，考研生活竟也如此传奇与多情，丰满与沸腾。我要向这段生活致敬，因为它为我增添大学的回忆，也为我拓宽了生命的广度。

对于考研，失落感已经渐行渐远，遗憾已经逐渐烟消云散。遥想起大五之前，我鄙夷读研，我的逻辑是读研无非是想多拿些钱或者找到好工作，倘若本科毕业月薪三千元读研出来升至六千元或者本科专业就业过难，这种人理应读研。然而这些对于我们都不适用，我们又何必还苦苦追逐读研。我明白我的失落是源于不想离开校园，我的遗憾是与康乐园再次擦肩。贪恋校园，对于这个观念，一两年之前，我甚是反感，然而后来这却在我身上体现。对于相对不低调、不内敛、不单纯、不羞涩的我来说，理应不会惧于步入社会而死守校园。鄙夷了自己考研，反感了自己贪恋校园，我已经勒令鄙夷与反感统统滚蛋。

如今，我即将前往建筑设计院，折腾了一圈，我还是回到了建筑学的原点。

十 | 临近别离　情恋二七

　　被中大鄙视后不久的一个夜晚，我跟阿东、小月三人，拎着啤酒在校园里流窜，先后在西湖厅、人文馆、27 门口草地蹲点。扯淡期间，感叹青春是一场纵欲，人们总是习惯高估自己的持久力，很快就纷纷瘫倒在地，马上就要提起裤子离去。想到马上就要离开校园，告别 27 号楼，于是决定进去温存下。

　　三个人步入久违的系馆，从一楼到五楼逐层晃悠，自 07 级到 04 级全在赶图，灯火通明，一片祥和，而我们却觉得分外孤单，在被驱逐出 27 以后，我们已经很少在那出没了。所幸那几天收到消息，一楼那几间教室暂归我们级做毕业设计使用，也算给了我们最后两个月的亲密接触机会。

27 号楼里面，有着我们太多的记忆，它见证了我们作为一个建筑系学生成长的五年，也承载了我们对建筑认知过程中的酸甜苦辣，从初识建筑到居住区规划以至毕业设计，在这里我们摆脱了大一时作为菜鸟的懵懂而踏上建筑苦旅的征程。

考研的那段时间，会常常在校园漫步，我情愿收缩膀胱将液体洒向 27 而非就近去图书馆或者人文馆的卫生间，那时，27 已经没有了我们的课室，不想平白无故的进去，于是放水便成了在 27 停留片刻的唯一理由。

7 是我的幸运数字，一直把它作为球衣号码，无论足球队服还是篮球队服，而现在 27 同样也成为了我的幸运数字。大五篮球联赛开始前，夕阳红俱乐部要重新购置队服选号码，我放弃了之前一直沿用的 7 号，而选择了 27 号。这次也总算弥补给了阿东一个穿 7 号的机会，我霸占了他心仪的 7 号四年之久，实在愧疚。

答辩前的夜晚，我本可以回去醅睡，可意识到错过这天，将不再拥有在 27 号楼通宵的机会，于是那天晚上跟小锤两个人一起在 106 课室耗到了天亮，那晚是我们在 27 的最后一个夜晚，也成了最后的绝唱。

现在，这里每一个通宵的夜晚都将成为过去，而 27 这个数字也已经写入到每个离去建筑系学生的心底。我想，即便 27 一如既往的破旧，我们也会为它留下无尽的想念。

十一 | 卖身成功　如沐春风

　　大五之前的一段时间，是一门心思去地产公司，甚至锁定了富力。那时都已经打探到富力要从中华广场那边搬迁到珠江新城的富力中心，畅想着自己日后移居到天河南，生活在传统小资地带，工作在新生 CBD，很是惬意。

　　新学期开始的时候，已经步入到考研的状态，不过还是往富力与保利投了电子简历，试图想体验下找工的乐趣，不过那个节骨眼上我对去地产公司混的兴趣不再高涨。很快，富力发出面试邀请，不过在闻悉富力声称只要是南方理工大学建筑学的就全要，而身边很多同学也都愿意情定富力后，我退却了，没有过去面试，总觉得太多认识的人在一起共事对工作是不利的。不久，收到保利的笔试通知，笔试完之后便不再有消息。直到我即将上考场去考试的时候，保利让抽空去面试，我不想分散为考研而最后冲刺的注意力，婉拒。起初保利把门槛限定很高，把包括我在内的很多同仁给鄙视了，我没报什么期待，也没大所谓。只是后来有人爆料说保利招人的潜规则是只倾情俊男靓女，那让我自卑不已，第一次深刻地意识到自己不在俊男的行列之中。再后来，就在我刚知道自己进复试线的时候，保利又来一通电话让去面试，说是补录最后几个名额，由于之前的伤害，我断然不会积极响应。但是，我还是得出了一个结论，我是一个长相处在英俊边缘的人。

复试落败被刷后，我成为了全班唯一一个没有卖掉没着落的人。之前一直是在犹豫究竟是去地产公司还是去设计院，遭到挫败后，不甘心就去房地产混票子，想继续留在校园混妹子已成泡影，那只有去设计院混日子了，于是我铁下了去设计院的心。休整了一个星期，目标锁定某国企建筑设计院与之前的实习公司，先往前者投了简历，三天内基本敲定所有事宜，准备往后者送的简历都省了。还没来得及感受到找工的酸甜苦辣，就卖身成功了。即便仓促，但也算满意。全班有四人齐聚同一设计院，而且我们整个宿舍就占了三个，也可谓传奇。

至于全班的就业情况，除了上海、深圳、香港、重庆各一人外，全都留守在了广州，很是欣慰。除了读研的及准备越洋的，剩下的不是去了地产公司就是去了设计院，大家也都算功德圆满。辛辛苦苦读了五年，也总算在就业的便利上体现出了些比较优势，勉强扬眉吐气一番。

十二 | 毕业设计　掌舵不易

　　没料到毕业设计竟是五年来把关最严的一个作业，本以为这是一个捆水的设计，可以敷衍了事。系里头这拨老师在大学前几年松松散散地对我们不闻不问，临毕业了一个个倒都正义凛然，摆出一副要对社会负责的姿态。频频面临毕不了业的恐吓，还真是有些担惊受怕，五年都快熬完了，总不能最后栽在毕业设计上，只好让生活的大部分时间和精力被其占据，这也成了我付出努力最多的一个作业。比起其他的学院凭借 Ctrl ＋C 就可完成毕业论文，我们觉得分外憋屈。

　　毕业设计选择成都双流艺术中心被我认为是 2008 年以来最愚蠢

的事之一，而成为另两个女生的组长是 2008 年来最无奈的事之一。看来愚蠢的不止我自己，同宿舍的另两条友竟跟我再次默契，如同一起签去同一家设计院一样默契。本以为这是一次宿舍工作室入职前的预演，没想到被硬生生拆散，而我沦为最惨，孤立无援。每一个老师带六个学生，三男三女，要求是先从六人里面选两个方案，然后分成两个小组，三人一组。起初担忧我们宿舍要不被选中的话就必须分散开为女人打工，可不曾想到两个方案全落在我们三人之间。挑中我的方案那是因为女生们根本没有出方案，老师根本没的挑选，那是无奈之举。事实上我觉得我的方案超级烂，后面深化的过程中更能体现。

我一不小心担任了小组总工的头衔，却要承受着打杂小工的悲惨，要负责总体到单体，涉及方方面面，这让我体会到做个好领队还真的太难。一个懒人顶着一个烂方案，带着两个不比我勤快的人，整个过程可想而知，苦不堪言。争吵与矛盾贯串其间，随时有爆发的可能。最终还是没能抑制住，答辩之后一场淋漓的争吵，让我有了久违的快感。我不该在大庭广众之下对女生发火，甚至根本没爆发的必要，毕竟那时答辩都已结束，但我觉得我要释放，彼此忍让了很久，互相宣泄下是有助于新陈代谢的，不然会很压抑。不过还好争吵归争吵，工作归工作，事过境迁，同学依旧。

十三 | 奔天涯路　集天河南

　　在小锤的引诱下我还是移居到了天河南，之前是准备就近在设计院附近落脚的。事实上，我早就贪恋上了天河南这块号称倍有小资情怀的地方，一年前是畅想着居住在天河南，工作在珠江新城，如今只是后者转变为环市东。

　　5 月 28 日，这是一个双喜的日子，这一天，班长麦兜同学的生日与小月、秋妹以及我的乔迁并肩而至，作为民间委任的天河南小分队队长，我深感荣幸。晚上是非官方的集体狂欢晚宴，老爷们齐至，姑娘们缺席两人，如此盛况已属五年首见。伴随着班长达人肝肠寸断的感言，离别的酒肉序幕已经悄悄上演。这似乎注定着离别后的酒肉序幕将在天河南上演，后来一系列的事实证明果不其然，最终我们的住所被推为了班级的官方聚点，人流量一度超越楼下咖啡馆。

看过《奋斗》，感触于剧情中"梦幻乌托邦"的 loft，一群狐朋狗友，其乐融融。期待工作以后，可以类似，不奢望 loft，但求三房两厅。于是，对于租房我有两个想法，第一不与陌生人合租，避免生疏感以及合不来的隐患；第二首选三房而非两房，人多是欢腾的前提条件。所幸老天让我顺心一次，给了我合适的房间与合适的人选。

清晨，阳光穿越窗帘的缝隙洒在地板上，窗外偶尔传来清脆的鸟鸣，拉开窗帘，紫色花朵点缀葱葱绿叶的画面垂在眼前，推启窗扇，大雨过后湿润的空气夹杂着泥土的气息扑面而来，这些甚至可以让我遗忘了整个夜晚被蚊子激吻肆虐的伤痛。于是，我越来越喜欢上这九十平方。

说到秋妹，只是名字含一秋字，其实不是妹子，由于出身巴蜀，粉嫩水灵，证件照上屡次被误为女性，加之年龄为全班最幼，男女皆呼其芳名——秋妹。秋妹虽阅片无数，但阅女为零，作为现实中的童子和意识上的高僧，大多数时候还是保持着纯净。鉴于让三人能处于同一节拍，小月的任务是同化秋妹喝酒，我的任务是教唆秋妹抽烟，当客厅茶几边三人一起酒杯交错，房间木地板上三人一起烟雾缭绕，生活越来越和谐了。

身边一个颇具流氓气质的小月，一个略显羞涩的秋妹，如今，小月收心养性从良，秋妹长大成男人，我们的"梦幻乌托邦"即将开辟新的篇章。

十四 | **青春回荡 最后绝唱**

青春是赤着脚走在沙滩上，来的时候悄无声息。青春是高跟鞋走在图书馆，走的时候心烦意乱。

6 月 13 日交图，16 日答辩，刚结束一段阴暗的生活，还来不及显露出离愁别绪，就要到了挥手说再见的时候，19 日照毕业相，20日毕业典礼，时间是如此的仓促，甚至没有过渡的间隙。

照毕业相的前一个夜晚，我躺在床上，想到自己就这样要毕业了，怒放的青春就要凋零，一种触及心底的伤感涌现，泪水顿时上头，或许就是从那一刻开始，毕业忧伤的闸门被拉开了。第二天，毕业相在嘻嘻哈哈热热闹闹的氛围下进行，没有忧伤更多的是欢笑。然而，就在20日下午学院毕业典礼的时候，27号楼一楼的阶梯教室里，幻灯片上一幅幅闪过的画面触动我的心弦，过去的一幕幕再次出现在眼前，这预示着我们在与往事永别，宣告着那一切即将成为过去，我心中的惆怅开始被挤压到眼眶。肩并肩手牵手唱着《朋友》，泪水竟开始释放。不曾想到我的忧伤会来的如此之快，也不曾料到会湿润眼眶，一切已经不在我的控制范围之内。

学院的毕业聚餐结束后，集体唱K是传统节目了。作为五音不全的我，即便很不情愿，还是前往，并诱劝了几个跟我一样不情愿的人过去。因为我明白这是大学期间最后的，也是我唯一的一次与全班同学一起的机会，那个时候很多活动都已经被冠上了"最后"。对我来说，这不是整夜笙歌的娱乐行径，倒像大学最后的绝唱。

6月23日到25日，是班级的毕业旅行，组团结队奔赴上川岛和下川岛。醉翁之意不在酒，同样，毕业旅行已经不在于旅行而更多的成分是为了毕业，我们是在为了自己营造共同的记忆，我们是在为了告慰远去的时光。海岛的风景很好，我不会忘记，然而我更不会忘记一起看风景的人。启程时，阳光明媚，返回时，台风骤雨。我没有诅咒返程时恶劣的天气，车窗外是劈里啪啦的暴雨，车厢内是所有人昏昏欲睡的身体，这倒让我欣慰的觉得，风雨兼程，我们在一起。

真心希望，风雨兼程，我们在一起，不止是发生在那四个小时里。心底却不得不暗忧，时过境迁，光华斑驳，人生不过是，一人一太阳，一影一月亮。

十五 | 毕业速配 成双结对

　　6 月 25 日，结束了毕业旅行，从上下川回来后，原哥传来消息，已经登记结婚领证了。虽然对此事我之前已经有了他婚期不远的心理准备，但还是不得不被这一事实震撼。原哥的勇气实在让我佩服，可以在大学毕业前五天把自己交付给婚姻，估计这是开了建筑学院的先河了。

　　五年来，原哥的交图节奏跟我基本是一个拍，都是属于滞后型的，然而没想到却在这方面抢了个第一，把我远远地甩在了后面，让很多人望尘莫及。

有时，我甚至会极端的认为结婚比自杀还需要勇气，自杀只是为了寻求极度的自由而选择的一种终结生命的方式，而结婚在某种意义上却是终结自由的一种方式，作出这样的决定更需要魄力。自杀终结生命，结婚终结自由，因为生命诚可贵，自由价更高。能干出这么牛逼哄哄的事，原哥已经晋升为我偶像，不过只作敬佩，绝不作仿效。

　　最后的那几天，不晓得是不是受到原哥惊天喜事的冲击，不少人开始着眼于他们生命的另一半，一颗孤独的心是需要爱情的抚慰，一个人的世界太过于安静。想制造点声响，却又心有余而力不足，一个巴掌是拍不响的，于是各位狼友开始蠢蠢欲动，连最为矜持的秋妹都春心萌动，不再专心守着电脑享受靠双手打造的幸福，一个个像是苍蝇嗅到大便味一样。

　　于是，毕业之际，一对对痴男痴女们，开始浮出水面。最初听闻上一级建筑学在毕业时节速配成功两对，觉得匪夷所思，没想到这种盛况即将在我们级重演。首先是小月从良，鼓足勇气把该带回家的带回去了，在惶恐与承担之间选择了他该选择的，于是携手同班的姑娘浮出水面。其次，再有一对，经过好一番冒气泡阶段，终于在大学尾声浮出水面，只是遗憾气泡昙花一现，很快破散，而致使两人在此后的班级集体活动中从未同时出现。曾经的海枯石烂，也抵不过似水流年。更何况这迅雷不及掩耳的爱情，没有经过时间的锤炼，通常很难经得起时间的检验。

　　翻脸比翻书还快，这在爱情上同样也适用。只是在翻书的时候，有人却被尘埃迷住了双眼，再也辨不清对方的脸，当作陌路人，或者直接把对方当作谋杀自己光明的凶手，视为仇人。在翻书以前，爱情就是：你若是风，我愿化作雨，追随你的气息，形影不离；你若是屎，我也甘愿化作屁，力争臭味相投，气息统一；你若是麦当劳，我愿做肯德基，紧跟你的足迹，不离不弃；你若是畸形的广州歌剧院，我也甘愿做黑脸的广东博物馆，与你并肩在滔滔珠江边，张望这岁月的变迁。然而，在翻书以后，对于一些爱情之外的人，一个若是水，一个就要去做火，一定要水火不容，相克对立；一个若是主张资本主义，一个就要鼓吹社会主义，一定要彼此攻击，互不服气；一个若是武大郎，一个就要做潘金莲，想方设法弄死你。

　　然而，即便翻脸也在所不惜，对一些人来说，也许只有在毕业之际才会有足够厚的脸皮和足够多的勇气。

十六 ┃ 青春谢幕　校园成故

6 月 29 日晚，主题为班级散伙饭。

我永远忘不了这一天，不仅是因为我掉足了远远超过了过去五年的眼泪，更因为这是我们作为学生身份的最后一次相聚，我们真的就要各奔天涯。

席间，班长麦兜拉开了伤感的序言，然后是每人的毕业感言。瞬间，忧伤蜂拥而至扑面而来，气息沉重而伤情，似乎每一个人每一句话都可以触动自己的泪腺神经，不明白自己为何总是频频有哭泣的冲动。从未觉得自己如此脆弱过，情绪仿佛会在刹那间决堤。

那晚，我说了很多，五年来从未在全班同学面前说过如此多的话，这是第一次，也是最后一次。压抑了太久，也不想再去伪装。这个时节，没必要再去刻意理性，该说说该哭哭该闹闹，我需要表达，我需要释放。错过了这次可以任凭自己感性的机会，以后我们不会再拥有，我不想留下过多的遗憾，我想要让自己尽可能的完美谢幕。

晚上，送别了东北男，我以为我不会难过，甚至可以表现得若无其事，毕竟他不是我很喜欢的人，然而我高估了自己，我没能做到。北区球场上再也不会同时出现我们的身影，那段时光已经被定格为过去，不会再回来，球场上彼此对不传球的埋怨也都烟消云散。那晚，我不敢再去回忆，担心泪水会决堤在这青春远逝的边缘。

30 日凌晨两点四十五，一群人在天河南班级聚点的客厅里专注着德国与西班牙的决赛。眼睁着欧洲杯的帷幕落下，而同时，我们的青春帷幕也正在徐徐下落，即将画上句号。

2008 年 6 月 30 日，我毕业了，兴奋而喜悦，忧伤而惆怅。拿到毕业证、学位证以及报到证之后，这意味着我将彻底告别这段五年的青春，而沦为校园的过客。这一天，仿佛就是一个界限，划清了昨天与今日，将过去划为了回忆；也是一个判决，宣判了我不再是一个学生，告别了沿用了十九年的身份。

青春是逆行的大姨妈，来的时候不知不觉，走的时候却刻骨铭心。

十七 | 再见青春　再见你们

　　7 月 3 日是毕业生离校的最后期限，人去楼空的景象将要再次来临，纷纷在忙着撤离。

　　7 月 2 日，答应班里女生帮忙搬东西，一早爬起来就从天河南赶往北区，还是没能来得及。之后，回自己宿舍收拾最后残留的东西又错过了搭手搬上车的机会，很是歉意。

　　在宿舍清理东西，不知道哪些该被抛弃，哪些该被拾起，房内杂物堆积，一片狼藉，脏乱无比，而心比这更乱。打开宿舍仅剩下的一支啤酒，麦兜、旺氏跟我三个人每人一大口，味很苦，也正好与氛围相适。翻起大一时的钢笔线条练习，大二时的水彩作业，大三做博物馆的草图，大四做小区规划的任务书，大五考研用的历年真题，心情难以平复。五年的青春就要一股脑地丢在这里，我有点舍弃不起。带不走的记忆，只能让它永远停留在这里，一个人躲进厕所，点燃那些带有青春印记的东西，把稿纸、信件、草图、任务书都统统烧掉。在阳台上站了许久，望着一张张纸变为灰烬，缭绕的烟与纷乱的心共同作用着，眼眶又被浸湿。搞卫生的阿姨不断过来索购东西，三十块卖了洗衣机，五十块卖了大部分书籍。不想亲眼见着剩下的物品再被清理出去，我把她驱逐出门，让她等我离开了再来这里。带着复杂的心情，收拾完东西，一步三回头的离开宿舍，关上门的一刹那，我的心在震。

把东西先放在宿舍楼下，跟旺氏要送 JJ 去天河客运站，没有过多语言，狠狠的一个拥抱，转身离去，我憎恨这样在车站离别的感觉。所幸比起别人我们少了些别离的成分，我们只是别离了校园，别离了青春，别离了一种身份，而没有别离同学，因为大部分人还在身边。

是谁打翻了我们的青春，溅了一身的疲风倦尘。拖着疲惫身躯回到天河南，竟有些心力交瘁，希望这样沉重的日子赶紧过去。

再见，812。再见，北十一。再见，北区。再见，红楼。再见。27。再见，南方理工大学。再见，陪我一起走过的你们。

再见。青春。

毕业零周年记

连载终于结束了，长期沉浸在回忆之中不是件快乐的事。不过我很欣慰，自己坚持并完成了这个任务，一个月的连载，可以让我长长地舒口气了。写大学的记忆是很早前就萌生的愿望了，我是想把此作为自己离别的礼物，以告慰逝去的青春。

最开始写的时候，是情绪高涨感情丰满的，每一段都是经过多次修改后再公示。逐渐，我陷入到了忧伤后的麻木之中，再加上想要急于摆脱回忆的笼罩而进入新生活，后来的部分少了些润色。然而这些都是次要的了，并没有以此作为文学创作，只是把它当作一种情绪释放的方式，一种自我娱乐的行为。请不要给我冠以文学青年的称号，我憎恨这顶恶俗的帽子。

请不要被我一些伪色情的文字迷惑，一些用来揶揄及调侃的文字，可以当真，但不需要发挥想象并去延伸。也不要误以为我的大学是多姿多彩，相反很多时候我会觉得大学五年活得很失败。请相信文字的魔力，我可以把自己写得很洒脱，即便有时我会很卑微；我可以把自己写得很善良，即便有时我会很流氓；我可以把自己写得很小资，即便有时我会很农民。给看客制造出这样错觉或许是我的失误，然而这就是文字的艺术。尊重我的人请理解我的坦诚，无关的人可以随意质疑我的人品。

新的生活开始了，如烟的往事就任由它去吧。五山已成为昨天，我的明天在环市东。

最后，谢谢你们的关注，我深感荣幸。

2008 年 7 月 12 日

毕业一周年记

一年前的今天，我兴奋而喜悦，忧伤而惆怅。怀揣着毕业证学位证以及报到证，走出校门，结束了校园生活，将五年的青春记忆洒在身后。

转眼，一年。

这一年，我们褪去学生气息，逐渐完成了角色的转换，校园的青春情怀不见了踪迹。工作的主题已经不再如同读书期间，拘泥于纸上谈兵的建筑方案，我辗转于大小不同的工地，推过泥斗车，扎过钢筋笼，搅过混凝土，却几乎没有正儿八经做过一个方案设计。

这一年，我们缺乏集体记忆。毕业前一周一小聚一月一大聚的口号如我所料成为自欺欺人的谎言，我们散落在各个角落，即便只是在广州范围之内，也难得一见。客厅角落堆积的三百余支空酒瓶，绝大部分都是半年前的产物，这已说明我们逐渐远离。

这一年，我们奔波忙于生计。饭桌前，谈论的更多是工资房租公积金，工作具体内容基本忽略不提。我们不再谈遥远的理想，我们只谈眼前的生计。关于未来，我们只字不提。

这一年，我们开始隆起肚皮。工作后，体质每况愈下，身体愈来愈差，肚皮却逐渐变大。长期坐立，以及缺乏锻炼，致使大部分人福相倍增。所幸，我一如既往地保持身型。

这一年，我们学会割舍过去。关于校园，从最初的念念不忘，到后来只是偶尔闪现，以至可以做到过校门而不入。

再美好也经不住遗忘，再悲伤也抵不过时光。南方理工大学已经沦为一个代名词而已，它只属于我们的过去。

2009 年 6 月 30 日

毕业两周年记

　　毕业至今，很多同学之间很难会见上一面，即便都依旧停留在同一个城市。我们的相见更多的是在人海茫茫的街头巷间，依靠着那一个个擦身而遇的偶然。

　　上一次见到徐是偶遇在环市东效果图公司，上一次见到李是偶遇在泰康路的建筑书店，上一次见到陈一是偶遇在珠江新城地铁站，上一次见到陈二是偶遇在体育西路，上一次见到何是偶遇在我们单位楼下，上一次见到胡是偶遇在江南西某房地产公司总部，上一次见到黎是偶遇在天河城吉之岛。而这些偶遇绝大部分是离开校园后仅有的相遇。当五年同窗的相见只能出现在这样偶然的场景，这既是一种喜剧又是一出悲剧。

而另几个青春共度五年的人，同在一家设计院，几乎每天都可以遇见，而这种相见却越来越走味，甚至逐渐充斥着漠然。我们还是几年前的我们，而我们的内心却已经慢慢翻腾巨变。

不经意间翻阅照片，我凝视着图像中明媚亲切熟悉的校园，透过校园，我看到我们恣意的青春笑脸，穿越笑脸，我望见那五年的青春瞬间，我的忧伤就会急剧扩散，想着去释放泪水冲刷自己的双眼，然而却很难再开启已经锈蚀了的泪腺。

世界的进展已远超出我们所期待的路线，我们无力扭转。起初自以为停留在这个城市所彰显的特殊意义，也逐渐被扭曲和冲淡，一直想着要逃离，却始终勇气不足。我在挥霍着自己仅存不多的后青春期的资本，摆出一副吊儿郎当的姿态，露出流里流气的嘴脸，装出文青流氓的模样，流出愤世嫉俗的哀怨，这也只不过是另一种形式的苟且延喘。很多时候，我们的迷茫在于知道不想要什么却不知道想要什么。很多时候，我们的无奈在于既想要芝麻又想要西瓜。很多时候，我们的悲情在于我们既拿不起也放不下。

我们的生活愈来愈乏味，我们越来越没有自由可以支配，我们被禁锢在加班加薪买车买房既定程序的奴性道路上。我们前二十年加班拼命挣钱进行的资本积累，不过是为后二十年准备医药费。

有时，我会觉得自己正在沦为是个价值观扭曲的人，人生观畸形的人，爱情观走样的人，道德观下垂的人，一个粗俗灰暗的人。

　　而事实上，我是多么渴望自己可以做到热爱生活，以及忠爱他人。

2010 年 7 月 1 日

毕业三周年记

还记得，三年前 6 月 30 日的晚上，我是在五山度过的，那晚的主题是班级散伙饭。三年后的同一个夜晚，由于蹲守效果图公司的缘故，再一次出现在了五山。晚上十点三十分，离开水晶石，故意辗转走到南方理工大学门口打车。

从东门到南门的这一小段路，我一路慢速前行，中途转身两次。这个离别帷幕的时节，这个雨后的夜晚，校园显得异常冷清与萧条，间歇地听到路边芒果从树上掉落下来触地的声音，除此以外，稀稀疏疏几个人，相互搀扶着、搂抱着、叫嚷着，一瞅就晓得是青春泄欲离别纵酒的毕业生。他们的青春即将凋谢，而我们的青春却已经零落成泥碾作尘。

走到了校园轴线的尽端，蹲坐在花池边点了两支烟，那个为牌坊设置的席位至今仍旧空旷着，除了换了一茬又一茬的人以外，这里的一切几乎没有改变。在等候出租车的短瞬间方才意识到一个重要的变化，22路车再也不会在这块区域出现，它的时代已经在这里悄然终结了，如同我们的时代被终结一样，所幸它的是五十年，而我们的只是五年。

其实，这一天我不止一次有泪水夺目的冲动。这一天，大学同一个宿舍进同一家设计院的同班同学，已经递交辞呈准备回归成都了。某些特定场景的离别对我来说总是闹心操蛋的事，希望那些半年几载后再见或者再也不能相见的人彼此都能安好吧。

青春是一场奔跑，然后华丽地跌倒。我们在跌倒以后爬起，却发现已经落下了残疾，不能再像往常一样直立。

这一年，日子开始变得力不从心，缺乏营养，我问自己：有多久没有静下心看完一本书了，那些缺乏养分的杂志除外；有多久没有在球场上一路奔袭了，那些追逐公车的奔袭除外；有多久没有跟父母悉心交流过了，那些例行公事的问候除外；有多久没有在青山碧水间出没了，那些出差沿途的绿色除外；有多久没有跟一姑娘赤诚以对了，那些赤裸以对的姑娘除外。答案都让自己无地自容虚弱无力。

青春是一副春药，总让人神魂颠倒，事后还魂牵梦绕。然而当青春殆尽后三年，发现生活只被枯燥工作填充、思维只被铜臭金钱占据时，更多感受到的是春药过劲一泻千里后的麻木与空虚。

2011 年 6 月 30 日

毕业四周年记

挥别青春后的这四年，我们发现，当年忙碌着摆弄丁字尺的建筑学院的姑娘与悠哉着去选购丁字裤的外国语学院的姑娘，都纷纷跨越了人生的丁字路口，开始了已为人妻的相夫教子生活，而丁字尺与丁字裤都被遗失在了青春的角落。

挥别青春后的这四年，我们发现，男人们的理想都逐渐沦落为了欲望，在房子、在车子以及在东莞肆意扩张，他们在忠诚与贪念之间彷徨，在金钱与美色面前缴械投降，在婆媳关系之间抓狂。

挥别青春后的这四年，我们发现二的人有很多，而能陪你一起犯二的人却没有几个；我们发现酒逢知己千杯少正在向酒逢千杯知己少转变；我们发现逆风尿三丈的豪气已经不复存在，而不得不逐渐接受顺风尿一鞋的现状。

或许，这些就是属于这个年纪的常规生活。很多人沉浸于此，迈入四平八稳的生活。而我，却一步步走上了非主流的路线。其实，我只是在为年少轻狂时吹下的牛皮而孜孜不倦努力，选择了不走寻常路。

刚步入设计院那年，作为建筑师职场菜鸟，得幸染指广州歌剧院的设计，暗喜自己可以与大师作品零距离。然而，并没能专注于此，随后，开始倒腾房子，试图涉足微型房地产，却几乎让整个家庭破产，最终销售不成功，成了包租公。在经历了奔波于大小不同工地的一年后，消停了下来。沉寂了一年，稍稍复苏，拒绝了房与车带来的奴性，张罗起了咖啡馆，走上了小资情怀的路线。起初将此定位为情趣用品，经济效益放在次位，却欣喜发现可以双丰收。比起在设计院站着挣钱跪着收钱的情景，能坐着惬意的收钱，这致使建筑设计这项技能在不知不觉中成为了我的副业。于是，在午后的咖啡馆里用文字和图纸挥洒年华，在午夜的咖啡馆里用酒杯和烟雾挥耗岁月，成为了一段生活的主旋律。当这本书面世后不久，我将暂别广州这个城市两年，奔赴海峡对岸，回归校园，在台湾开始我人生的两个间隔年。

建筑师、咖啡馆掌门人、业余写手，这些标签常常会让人有捡了西瓜丢了芝麻的担忧，而我却觉得，这些在我眼中都是芝麻绿豆，我有信心有能力去狠狠地抓上一把。

　　如今，我虽没有一具青春的身，但我可以保留一颗青春的心，这样依旧可以感受到春梦的味道。都说男人三十一枝花，那现在的我尚处在含苞未放的年纪呢。

2012 年 5 月 18 日

毕业五周年记

时隔四年，又回到了校园，我很享受这种青春气息满满的地方给我带来的快感，只是如今的校园，在台湾海峡的另一岸。

每天，徜徉在幽然美奂的校园，再一次扮演学生的角色，这像是一场新欢。而实际上，这过去的一年被我视作为间隔年。一湾浅浅的海峡，几乎隔断了所有的过往，过去建筑师的职场，过去咖啡馆店掌柜的经历，那些越来越疏远，我甚至很少给对岸的友人和亲人打一个电话。这一年，好几个大学的兄弟都纷纷成家，我没有出席任何一场，我像是一个少年在观望成年人的世界，觉得那生活离我好远好远。我贪享着这个避世港，可以避开喧嚣躁动与市侩，拥有着世外桃源般的清静。

曾经，身处校园，不知如何珍惜当下，本该的缤纷洋溢的本科生活往往被抱怨和浑噩占据。而如今，处在失去后已知其珍贵的境况，可以以局外人的眼光审视，能够把绝大部分时间拿捏得到位，活得滋润。对此，我心底有着一种潜藏着的庆幸。当然，我更要庆幸得是我一年前的冒险可以持续为我供应一笔稳定收入，即便不丰盈，以及要庆幸自己可以有把念书当作度假的心态。

虽然念书拿学位不是我重回校园的主要目的，但我还是故意把自己佯装成一个围城内的学生，每天往返课堂，在赶完作业后的夜深人静时，还能笔耕不辍，隔三差五写上一篇文章，以致在 5 月份把所有的文章集结成书，在台湾发行。出一本台湾相关的书，这是我过台湾的第一任务。而拿一个台湾硕士学位则是第四任务，中间的两个分别是来一场台湾深度旅行与开一个台湾相关的店，排名按重要性分先后顺序。希望接下来的年限里，可以全部实现，当然，实现两个也便可心满意足，不宜做过多强求。

很欣喜，这一年，修完了绝大部分学分，在余下的年份里，时间的灵动性可以多出很多。不清楚接下来自己是否还能够有一颗愿意沉浸校园的心，也更不清楚一年后的自己会是如何。

2013 年 7 月

毕业六周年记

六年前的 7 月，我踏入环市东路的一栋泛黄的写字楼，在十四楼开始了自己的建筑师职业生涯。那时，我以为我从此将要把余生挥洒在图纸间。

而今，每天与图纸相伴的日子，似乎是上辈子的事情了。很多次，我努力地去回忆那些奋战在设计院的不眠夜晚，却不再有触之可及的真实感。我为此感到庆幸，也为此感到心塞。

建筑设计这个行业，曾经是我与这个城市里最珍重的那批人的交集，它引领着我们共同的志趣，而逐渐，我疏远建筑圈，丧失了共有话题，这一年普利兹克奖得主是我闻所未闻的坂茂，至今我甚至不曾了解他的任何作品。远离建筑圈值得我在夜深人静的时候在角落里黯然地滴下一滴眼泪，毕竟它是当初我五年辛劳时的念想，我也在懵懂无知的学生时代许下了很多驰骋建筑界的愿望，但这不过是一滴泪的事，而与一些人的远离则如同用刀尖刺进手心，至少是一摊血。我曾经以为，遍及广州的大学兄弟占据了我这个城市停留的绝大部分意义，却发现很多人已经半年不曾联系，即便曾经一天三餐甚至有两餐是一起。我对小时代给予好评，重要一点是基于它为一群青春携手的人营造了一个乌托邦，朝夕相处的一群人并没有随着毕业步入社会而凋零散落。这是我所羡慕的，以及努力争取的。

22bus. cafe，这间开在母校门口的咖啡馆，就是我自以为是的争取。

说到1200bookshop，很多人都会知道我提到过的一半情怀一半生意，而却很少人知道在华工正门口的22bus. cafe也掺杂了我的另一份情怀。回到母校门口做生意，这句话可以被分解成两部分，在我看来，回到母校和做生意一样重要，缺一不可。我是个具有校园情结的人，我眷恋自己挥霍过青春的地方，它承载了我最绚烂的年华，即便在这里也有过很多不愉悦的时光。我怀恋过去与那些人一起的日子，所以我天真地想要复制。22bus. cafe有四个合伙人，另外三个都是我的同班同学，我以为这样我们便有公事的磊落名义一起经常出现在六年前常出没的校园里。我甚至多情地以为我们可以以此为契点，像中国合伙人里的同班同学一般在生意场上倒腾上一番。事实上，这笔生意获利微浅，而合伙人彼此已多日不见，火红的憧憬上逐渐被蒙上一层凄白的苍凉。

这些是不得不接受的无奈，太多美好禁不过时间的齿轮。时间为我们的世界带来的摧损，把过去碾压地变形走样，我们无法更改，它甚至强势到不给人留下修复的余地。曾经关系铁到可以睡到一张床的兄弟，在几年后，想要到对方家里书房借宿一些时日，期待着可以重温放肆的青春，得到的答案却是要先去征询老婆的同意。这样的答复没有任何错误之嫌，但总难免让人深感无力，摇头叹息。我们的过去终究败给了时间。很多人开始把生活的核心转向了家庭，友情的比重在总量中越来越轻，或许也只有少部分游离在婚姻以外如我般的人才会感受不到那种本该调整后的天平。

　　日子拖着我们不断前进，在这条路上，我们得到的越来越多，而同时，却愈发感到孤单。在过去的六年，我从未如今年这般真切地感受到，那些曾经那么近的人开始变得好远好远好远。

　　22bus. cafe 虽然没能让众人的重聚实现，但好歹让我个人的重归得逞。以方便照应店面的名义，我搬进了华工，住进了西秀村的教师公寓。时隔六年，重新住进校园，走曾经走过无数次的路，看曾经看过无数次的树，望曾经无数次观望过的湖，这种感觉很美妙。嬉笑的青春脸庞，乌绿的西湖水，蓝白的校园巴士，荷尔蒙飞洒的篮球场，总能激起过去的一些记忆，让人感到亲近与甜美。物是人非，这是个容易让人哀叹的词语，但比起人非，起码物依旧是，这已经足以聊以欣慰。

　　当然，假以时日，久居于此，很可能会再次厌倦这里，但至少，在久违六年后，用一小段时光尽情重温眷恋的过去在未来也会成为一段很值得重温以及眷恋的过去。

2014 年 7 月

附录 | 做个有意思的人　为城市点亮一盏灯

在这个实体书店日薄西山的时代，他开了广州第一家二十四小时不打烊书店，并在三个月后开了第二家分店；

他是第一个徒步环岛台湾的大陆人；

他曾是广州大剧院的驻场建筑师；

他还是一个作家，目前他的第四本书刚刚出版……

书店、咖啡店老板，作家，研究生，建筑师，都是三十岁的刘二囍的身份。是的，他才三十岁，但经历似乎比一些人一辈子还多。他说，在二十七岁之前他不自信，没有任何亮点，就是个普通的上班族。所有的精彩都开始于四年前一个放弃一切的决定……未来，他有无限的可能，甚至想做个快递员或出租车司机。

这些，都源于他的追求：做一个有意思的人。

长发披肩、鸭舌帽、瘦得像片能随时被风吹走的叶子，这就是广州第一家二十四小时不打烊书店的老板，刘二囍。

7 月 12 日，广州第一家二十四小时书店 1200bookshop 在体育中心开业；仅仅三个月后就快速扩张，10 月 17 日第二家分店 22bookshop 出现在华工五山科技广场食街尽端。

为城市点亮一盏精神灯塔
在夜幕降临，为这个城市提供一盏灯、一个落脚点，也是一种安慰，一种庇护

华南理工大学建筑系出身的刘二囍将 1200bookshop 设计为一个复合空间，餐饮与图书各占一半，可放置一万册图书，以人文类为主，餐饮则包括咖啡、红酒，顾客可以下班后来这里读书、买书，甚至自带书来自修、加班直至深夜。

在吧台隔壁有一个小小的房间，是免费提供给背包客住的，"巴黎的莎士比亚书店摆放的行军床，在半个多世纪里，已经免费留宿过数万个文艺青年，这其中的一些人成了文豪名家。这是我们的一个榜样。"

刘二囍说，开书店的目的就是三个：文化输出、温情供应、个人情怀。"文化输出是传递对阅读的尊重；温情供应是希望这里能像《一页台北》那样，成为一个故事发生的地方，生活记忆的一部分；个人情怀就是书店的梦想。"

"白天是生意，晚上才是态度和温情。"刘二囍说，二十四小时营业的书店，在黑暗袭来后，为这个城市提供了一盏灯、一个落脚点，也是一种安慰，一种庇护，一个城市应该有一个精神灯塔。

边裁员边在母校旁开分店
希望书店能像 22 路公共汽车一样在华工人心里留下集体回忆

开业之初的 1200bookshop 人气爆棚，营业第一晚连老板刘二囍都承认"不像书店倒像菜场"。头两天的营业额已经超两万元，"第一天书的营业额就超一万元，餐饮营业额超五千元，书架都空了，我紧急补了一千本书。"有的读者远从珠海、江门而来，不少人是来广州出差，但都会将 1200bookshop 设为行程中的一站。

但初期的热情过去之后，第三个月营业额开始下滑得厉害，员工从十三人裁到了七八人，"月营业收入十二万才能达到利润平衡点"，11 月的盈利只有一千元，不过这反而让刘二囍更有了信心，"从经验看开店第三四个月是低谷，不亏已经不错，而且现在人流稳定，平时深夜会有二十来个客人，周末则有五十多人"，解决了他最担心的晚上会不会有客人的问题，证明二十四小时书店不只是一个噱头。

1200bookshop裁员的同时，刘二囍又开办了22bookshop，对于开在母校旁边的22bookshop他更为宽容，"只要不亏太多就会一直做下去"。

对于书店成功的标准，他说，"之于22bookshop，我所理解的成功就是：22bookshop能够与22bus一样，在五山停留五十年以上，即便它长期处在亏损状态。若此，无论过去还是未来的华工学生，在离开以后，当触及22这个数字时，都会想到当年的青春岁月。22如成为这里的百年永恒，我将引以为傲。"

深夜谁会来书店投宿？
失恋、抑郁、失眠的人，要赶早班火车飞机的人

谁会在书店度过漫漫长夜？答案是：失恋、抑郁、失眠的人，要赶早班火车飞机的人。

刘二囍说，一天深夜，一位女生在与男友发生争吵后甩门而出，她想找个地方一个人静静待一下，于是到了1200bookshop，因为她知道这里有免费的沙发可以提供。"第二天，她感谢我们说，倘若没有不打烊书店的存在，只能选择去麦当劳、肯德基或便利店了。"

刘二囍还时常在深夜见到一些拖着行李箱的人出现，一些人是订了第二天一早的廉价机票，当晚从另外一个城市过来，在书店消磨一个晚上的时间后，赶去体育西地铁站坐上头班地铁直达机场，一些人是半夜从火车站过来，深夜没有回自己城市的大巴，就来书店待上一个晚上，第二天再去客运站坐车。

"这些人，把 1200bookshop 当作了临时的落脚点和中转站，将冗长的黑夜寄放在书店。即便他们只是漫不经心翻一下书，或者干脆不作任何阅读，我也不会有所苛责，因为，我们要点燃的是一盏温暖的灯，而不是一盏知识的灯。"

新时代的书店必须是个综合体
有音乐演出、电影放映、公益交流、故事分享、图书出版、杂志编排、展览策划……最终，会是一个文化平台

就在 1200bookshop 和 22bookshop 开业的三个月之中，广州相继挥别了文津阁、红枫叶书店、必得书店等独立书店。

刘二囍认为，对于一个纯粹卖书的书店，十有八九是亏损；对一个兼卖咖啡的书店，也顶多是保持平衡，后期会举步维艰；倘若想要在未来还可以见到带有"书店"字号的店铺存在，在新时代下，必须要对传统的书店这两个字眼重新诠释，"我所理解的书店远不止是咖啡和图书，它是由书籍而牵发出的多元复合空间，这里有免费住宿、有音乐演出、有电影放映、有公益交流、有故事分享、有图书出版、有杂志编排、有展览策划……有太多有意思的事情，只要好玩的有趣的文艺的事情都可以在这里落地，最终，它会是一个文化的平台。"

目前，12000bookshop 和 220bookshop 定期举行深夜故事分享会，邀请过保安、记者、街头歌手、创业老板讲诉自己的故事，还放过电影、办过音乐会甚至策展。正如刘二囍所说，正在尝试成为一个文化综合体。

进华工学建筑，源于一场浪漫的误会

"有自己独立完成的建成作品、有参与到广州最牛的项目、自己带队中过标，对一个建筑师来说就齐活了，再做就是重复。"

如果你以为刘二囍只是个书店老板那就错了，这只是他众多身份中的一个，他还开了咖啡店，写过四本书，曾经是建筑师，目前在读研究生。他觉得自己做过最牛的事情是徒步环岛台湾。他不在乎生命的高度，只求生命的丰富度。

在多变的身份中，唯一不变的是对"做个有意思的人"的追求，他甚至想去送快递、做出租车司机，因为"多好玩啊！"对他来说，判断任何事情的首要条件是好不好玩，有没有意思。他的理论是，"玩没问题，但玩要玩出名堂玩出意义，那它就不只是玩。"

十年前的刘二囍跟每一个普通的高中生一样，正十年寒窗考大学，第一年高考报中大没考上，第二年立志非建筑不读，上了华工。

他对建筑的坚持，其实源于一个浪漫的误会。"复读那年看了一本书和一个纪录片。书讲的是一个建筑师游山玩水，走遍世界各国，背着画板到处写生，写生的时候结识不同人，和很多不同的人成为朋友，从老的到小的从高大上到接地气的，各种各样的人，真好!"

纪录片则是记录中国第一建筑师王澍的片子，第一位得到普利兹克建筑奖的中国人，"他毕业之后去了西湖旁边小山村隐居，每天和农民喝喝茶聊聊天盖盖房子。缺钱花或有好的设计就做一做，做完后继续隐退，真可谓可进可退，不用沾染任何世俗之气"。

因为觉得建筑师的生活"好棒，太屌了!"刘二囍进了华工建筑系，读了之后感觉建筑中有实实在在的结构，更有人文和艺术，"虚的东西才是我追求的，不是建筑本身。"

2008年大学毕业，刘二囍进了一家国企的建筑设计院。工作第一年他就不安分，一年回了十八趟安徽，用他爹的钱建了全镇第一高楼。"我们家在一个镇上，有自己的宅基地"，从设计到参与施工全程控制，他完成了自己的第一个建成品：高六层、沿街六间门面的楼房，"建完后是我们镇第一高楼"。

刘二囍原本的设想是把楼卖出去、出租，理想很美好："当时做完这个东西以为可以不用上班了，可以回来辞掉工作。"现实很骨感："最后发现失败了，很失意。因为乡下人觉得要有家有院，农民不想买。"

如今这栋房子正在出租，"虽然赚回了贷款的钱，钱上没有亏"，但也没有被市场认可，不能激发刘二囍在建筑上更多的创作欲望。

他还参与了广州的地标性建筑——广州大剧院的建设，"做驻场建筑师，在工地上干了一年。"当总工的助理，有时还兼职"导游"，"因为是重点项目各方都来参观，领导来了总工会上，各个兄弟设计院来参观、各高校老师带学生来参观，这些我就上了。"

他笑着说，如今每次走过大剧院，就会想起那十个月的岁月，"刚工作就参与大师的作品，感觉很幸运"，但这些"走一遍就够了"。

也许因为入行的浪漫误会已经奠定了不会将建筑的路走到底，也许人贵自知，刘二囍清醒地知道自己的天赋才华不在建筑，"在建筑设计的层面中我的水平不高，读华工我在我们班是中下游，在工作单位是中上游。我能够成为一个合格的建筑师，但不会是一个优秀的建筑师。"在经历完一个建筑师所应经历的一切后，他决定离开。

工作三年后他辞职开咖啡馆。用他的话说，"有自己独立完成的建成作品、有参与到广州最牛逼的项目、自己带队中过标，对一个建筑师来说就齐活了，再做就是重复。"

做咖啡店老板，一个解放生命的决定

"我发现自己输得起，大不了回去拼命加班嘛，所以就去做了。"

2011 年，二十七岁的刘二囍做出了此生也许最重要的决定：辞职开咖啡店。他认为，这也是迄今为止他做过最有勇气的事情，"后面我做过很多别人觉得有勇气的事情，比如去台湾读书、徒步环岛，比如开二十四小时书店，但在我看来都还好。如果我没有开第一家咖啡店，后面的事情我不敢做。"

当时的他也有畏首畏尾，"必须有取舍：读这么多年建筑要放弃吗？如果失败了怎么办？但是我又想，如果我失败了，还好我是学建筑的，我有一门技术，大不了回去拼命加班嘛，亏个三十万，补回来，回到原点我还输得起。"他问自己，输不输得起？"我发现自己输得起，就去做了。"

开店之前他计算过一天要卖四十杯咖啡才交得起房租不会亏损，"后来发现很轻松就达到了"，咖啡店的收入很快就超越了他做建筑师的月薪。对于咖啡店的成功，除了幸运和好的地理位置，他归结于"用一个建筑师的灵魂做咖啡店，在细节的把握上比一般店主要好一点。"

生意很快上轨道的他过上了"养养猫晒晒太阳看看书逗逗狗"

的小日子，"白天上上网看看书，晚上喝酒聊天，又有一份不错的收入"，但这种安逸的生活过了半年之后就受不了了，"春暖花开面朝大海，这种生活一个月还行，一年就要死掉。生于忧患死于安乐，我觉得自己太安乐了，我要突破、要走出去！正好当时台湾开放留学，又不用考英语，我就申请，被录取了。"

在去台湾读书之前，刘二囍又冒了一次险：开第二家咖啡店。"离第一家店开张不到一年，这么快就急着扩张，非常冒险。"他也清楚自己的风险，但是他考虑"第一家店的收入等于我上班，只够学费、生活费，两年之后我毕业回来，是零，没有任何积蓄。所以决定冒险开分店，如果生意顺利，第二家店一年的收入可以把开店借的十几万还上，等两年后我回来，还能有富余。"

第一个徒步环台湾的大陆人
进建筑系不学技术只学建筑文化，五十一天徒步环台湾

第二家店开业一个月，刘二囍就做了甩手掌柜，去台湾读书了。台湾东海大学，还是学建筑。

刚开学，刘二囍就开门见山地跟老师说，"我毕业后不会做建筑师的"。请老师不要逼他学那些枯燥的东西，他想学好玩的东西，"建筑跨越了很多东西，城市的、人文地理的、经济的历史的，都要懂，我要的是建筑文化的一部分，而不是建筑技术。我是冲着建筑文化去的。"

刘二囍骨子里始终有一种浪漫情怀和理想主义。看了一部电影《练习曲》就向往环岛。电影讲诉一个听力有障碍的大学生骑机车环岛，遇到很多好玩的事情，发生了许多小故事。"台湾风景美丽，有风景又有故事发生，所以环岛成为我的目标。"

2013 年 10 月 1 日，刘二囍一个人背着行囊开始了徒步环岛台湾，接下来的五十一天，成为了他记忆中的永恒。"回顾过去的三十年，如果说出干过最牛的一件事，它一定是徒步环岛台湾，而不是开不打烊书店。"他说，环岛这件事，只要出发，最困难的部分就已经结束。

作为一个环岛路上的背包客，他晚上除了借宿国小的教室，隔三差五还会被热情的台湾民众收留，"他们让我觉得漫漫路途充满了温情。我相信热血与温情可以美化这个世界，有感于此，我愿意为热血者提供温情，这也促使我萌生了一个想法，如果我以后做了一间二十四小时书店，我将愿为热血的践行者提供一夜安眠。"

机缘巧合，也让刘二囍成为第一个徒步环岛的大陆人，"那时刚刚开禁，游客的签证是十五天，不可能徒步环岛。"只有留学生有徒步环岛的可能。

写书，是对记忆的永恒和固化
一本书可以让你觉得有里程碑的意义，有更多的成就感

刘二囍将环岛台湾的经历写成了一本书，《陆人甲，路人乙》，已经在台湾出版，这也是他的第四本书。"最开始没想过会成为写书的人。读书的时候会有记录的习惯，写多了就集成了第一本书《青春是一场春梦》。"

自己的书卖出去过多少，刘二囍没统计过也不关心，"肯定不多，而且只在我的店里卖得好，哈哈。"他也不看重销量，"一本书可以让你觉得有里程碑的意义，有更多的成就感，很多人都写字，但写着写着就不写了，出书让我觉得可以写下去。"他觉得，"文字是对一个人的记忆的整理和对过去经历的一种永恒或者固化。"

老板金句

试想，五十年后，我刚好八十岁，当然前提是那时我还在人间，如果 22bookshop 还在，我每天在书店内晒晒太阳浇浇花逗逗狗，眼前是一群群娇艳欲滴的"小鲜肉"，如果他们愿意聆听，我作为华工的资深学长，可以跟他们讲无数关于这块土地的过往，兜里装着满满的故事，随便抖一抖，就能塞满整个西湖。那样，我可以毫不含蓄地笑称自己是人生赢家。

在现实生活中的很多圈子，我们谈车谈房谈投资，却羞于或不屑于谈理想，觉得过了那个年纪，或者索性说戒了。我曾以为那已经是常态了。可是，在现在我所处的圈子内，我们可以冠冕堂皇地谈论理想，如果谁斤斤计较于钱，他自己都会觉得丢脸。有时候，我会觉得，这特么还是我用常规思维所能理解的人间么。

不打烊书店，在深夜，不仅收留沙发客，还收留了很多失恋的人、失眠的人、抑郁的人，有因父母争吵跑出来寻求清静的中学生，有因家庭暴力而不愿回家的小学生，只是这些人，就给了二十四小时不打烊书店存在下去的理由。

——刘二囍

记者手记
勇于放弃　寻找自己的"咖啡店"

无论别人多优秀生命多有意义，那毕竟是别人的生命，跟读者乃至我这个采访者，有半毛钱关系吗？所以，采访精彩的人，我更关注他们是如何变得如此精彩的？是老天不公人家天生就优秀还是别的原因？

刘二囍没房没车，有的是满满的自信和经历。但让我意外的是，在二十七岁之前他跟所有普通人一样，也曾高考复读一年，也是朝九晚五的上班族，也曾是丑小鸭，但他找到了解放自己生命的那个节点，短短四年时间完成华丽转身。这，对于每个读者来说，才是有借鉴意义的。

他反复强调，开咖啡店的决定，解放了他的灵魂和自由，帮他找到自信，改变了他的生命状态，"梳理我二十岁到三十岁的十年，发现在我二十七岁之前，没有任何亮点，直到我开了第一家咖啡馆之后，发现才三年多的时间但做了好多好多事情，这三年好像十年一样长，发生太多事情，太充实，直接改写我的人生。"开店让他发现自己有无限的可能性。

生活中，太多人抱怨现在的生活不是自己想要的，在某个领域碌碌无为浑浑噩噩过日子，刘二囍却告诉我，"要找到自己擅长的领域"，很多时候人知道自己不想做什么，但不知道能够做什么，而喋喋不休的不满抱怨和犹豫只会拖后腿，"最起码先尝试，就进了一步。"

很多人不敢迈出第一步，是怕失去，怕失去现有的。刘二囍说，"我问自己，输不输得起？输了大不了回去拼命加班嘛，发现自己输得起，我就去做了。"结果，出乎意料的好。

听着刘二囍的选择，我想，当人放弃的时候，其实是重新得到的一个新起点，一无所有才有拥有一切的可能，犹如一个碗，空了才能装下东西。这个机会如此丰富的时代，为什么要害怕失去呢？哪怕送个快递也饿不死啊，还能游走于别人的生活。勇于放弃，找到自己擅长的领域，管他是咖啡店还是别的什么，每个人都能活出自己的精彩。

（摘自信息时报　蒋隽）

刘二囍：人生不停专注于"业余"

故事应该从哪里讲起呢？

那天，在一家以 30 年代的中国为主题的咖啡馆里，第一次见到刘二囍。他扎着不长的辫子，戴着帽子，很瘦，五官棱角分明，有点像……漫画里的人物？

本科和研究生都读建筑的他，给我的感觉更像艺术生，而不是我印象中的建筑师。但翻看他的文字，却很明显地看出建筑生的痕迹：理性又不失文艺，有逻辑又不乏浪漫。

实际上，刘二囍的标签有很多：建筑师、业余作家、咖啡馆掌柜、广州第一家二十四小时书店 1200bookshop 创办人、台湾东海大学建筑学在读研究生。

那么，故事就从一个个刘二囍开始吧……

建筑师

2002 年，第一次高三没考上理想的中山大学，刘二囍决定复读。第二次高考，他考上了华南理工大学最好的专业之一——建筑学。而在第一次高考，他想读的是商科，职业规划是做商人、成功的企业家。

"复读那一年，很偶然地看了一部纪录片，说的是中国著名建筑师王澍和妻子隐居杭州，后来又出来继续做建筑。"刘二囍说起改变他的那次"美丽的误会"，"就觉得他可进可退，建筑做得好，日子又过得逍遥，我就想过那样的生活。"

1990 年，在完成了第一个独立设计的建筑项目之后，王澍开始了他口中的"沉寂蛰居"的八年。1997 年，王澍重新出山，并和妻子创办了"业余建筑工作室"，开始了"埋头苦干"时代。

"当时觉得建筑师是一个很洒脱的职业。"刘二囍说，那时，他很向往这样的生活，"我不想太被生活所累，这样太容易不开心了。"

然后，刘二囍从老家安徽来到广州。在华工建筑系待了一个学期之后，刘二囍就不得不承认，当初"太理想主义和浪漫主义了"。

"画图、画图、画图，别人上课，我们在画图，别人放假，我们还是在画图。"枯燥的建筑科学习让刘二囍觉得"很辛苦，想退学。"当然，也只是想想而已。尽管五年的建筑系专业让他曾想过放弃，但当初那份向往还是让他心中的建筑师理想保留了下来。毕业后，刘二囍进入设计院工作，他准备成为一名建筑师了。

2010 年 5 月 6 日，由建筑界"女魔头"扎哈·哈迪德设计的，耗时五年，耗资 13.8 亿元人民币的广州大剧院正式开业。这座设计前卫的"世界最壮观剧院"和普通人的关系也许只是由其中上演的节目所串联，但对刘二囍来说，他见过她没有化妆的样子。

"现在经过大剧院，还会想起那时在那里度过的十个月。"刚毕业的刘二囍，就很幸运地参与了世界顶级建筑师的项目。"当时还叫广州歌剧院，我在那里做驻场建筑师，当总工的助理，在工地上干了快一年。因为是重点项目，每天会有很多人来参观，我就当起了'导游'。"

参与了顶级建筑项目后，在后来的工作中，刘二囍也独立负责过其他项目，也投过标中过标，建筑师的"基本动作"算是完成了。

"该做的，该体验的都试过了，再做就是重复。"刘二囍觉得，该来点别的动静了。

什么动静？

为什么说现在的"建筑师刘二囍"是业余建筑师？因为现在的他并没有为别人做建筑，但却没有丢掉"建筑"这门手艺。

刘二囍现在所经营的咖啡馆、书店，从选址、设计、施工到启用，都由他一手包办，每家店的风格各有特色，但都统一烙上刘二囍的印子——都是有故事的地方。

三明治问：你本科读建筑，做建筑，离开建筑行业后，研究生又读了建筑。那么建筑，对你来说，是什么？

刘二囍：对我来说，建筑，不是谋生的技能，而是一门学问。建筑是一门很深的学问，涉及的学科很多，包括历史学、社会学、经济学、城市规划……对我来说，建筑，带给我的是一种思维方式。

咖啡馆掌柜

在设计院工作的两年，尽管参与过大项目，独立负责完成过项目，但那两年的刘二囍是不开心的。

经常加班到很晚，改不完的设计图，和"被客户虐千百遍"的工作状态，下了班一个人很无聊，"觉得很累，生活压抑，所以那段时间常常回学校，那里有我最好的时光。"

除了对工作状态的厌倦，让刘二囍尝试找另一种可能的最主要原因是，他清楚地认识到自己在建筑师这一行能做到什么程度，"我觉得自己的设计水平在设计院就是中上游，在这个领域是混不出来的，顶多是个中游合格的建筑师。我不是甘心坐在路边帮别人鼓掌的人。"

而且，曾经吸引他的其实是那种"洒脱、逍遥的人生"，"我不想要规整的生活。"

经过一番尝试，苦闷的建筑师刘二囍终于找到让他喘息的方式了——他开起了咖啡馆。

文艺青年不都是"就想开间咖啡馆"么？

还在设计院苦逼工作的建筑师刘二囍找了几个朋友合伙，在广州的闹市区开了自己的第一家店，一家以 30 年代的中国为主题的咖啡馆，他是大股东，经营的主要事务都是他在操办。大概三个月后，咖啡店就上轨道了，每个月赚的钱比他在设计院的工资还高，刘二囍觉得"很顺"。

于是，他的精力就更多地放在咖啡馆，不到一年，他又开了第二家咖啡馆。在第二家咖啡馆也顺利上轨道之后，刘二囍决定辞职。

"很难"，辞掉设计院相对稳定的工作，刘二囍也是经过一番挣扎，毕竟在传统眼光中，建筑师是主流职业，身份地位也比酒吧小老板、咖啡店小老板高一些，"但我还是放下了，我有认真想过放弃值不值得，还好是值得的。"

辞职之后，刘二囍从压抑的生活中解放出来，那一年，他二十六岁。

"二十六岁之后，开第一家店之后，越活越年轻，心态越来越好。以前觉得人生不顺，很迷茫，前途一片灰暗，想靠建筑师找出路，但做得很不得心应手，不知道要干吗，一直这样的状态。但辞职之后，心态很好，找到了想做的事，而且都能做成。"

"那句话不是说'自由不是你想做什么就做什么，是你不想做什么就不做什么'吗？我现在就是这种感觉。不被工作和生活所绑架。"

可故事并没有就此打住。

咖啡店的经营常态化后，刘二囍的生活又变得无聊了。

"一般三个月后，咖啡店就可以交给店员打理了，我就是偶尔见见相熟的客人，然后就是晒晒太阳看看书。这样的生活太安逸了，不好。"

于是，刘二囍决定当甩手掌柜，出去读书。

几个月之后，他就来到了海峡对岸的美丽校园——台中的东海大学。

由于本科学的建筑，有基础，刚好那时候台湾的大学开放对大陆招生，"就报了，他们录了，就去了"。

刘二囍读的研究生学制是两年至四年，在台湾的一年多里，刘二囍做了不少事，出书、徒步环岛……

"就这样，为这段路画上了终点，心中满腔的兴奋与感伤，有些无处释放。没有径直回宿舍，走到了路思义教堂旁，坐在我以前时常一个人坐的位置，望着静谧的校园，想要仰天大笑，却又想掩面大哭。

"这所有的辛酸苦楚与精彩绚丽都被归为了过去，定格成回忆，而这段经历在我有限生命里，也将无法被复制，以及很难被超越。"

这是刘二囍在环岛的终点写下的文字，他说，徒步环岛是他到目前为止做过的最疯狂的事。

五十一天，一千两百公里，徒步环岛带给刘二囍的不仅是"第一个徒步环岛的陆生"、"出了一本书"这么简单，路上所遇到的美好与痛苦让他深深体会了一把勇气与坚持对人生的意义，也给了他一间二十四小时书店和未曾想过的现在的生活。

三明治问：从设计院出来，经营咖啡馆，给你带来的最大变化是什么？

刘二囍：我觉得我有一个深刻的体会，真正放下之后，我觉得二十六岁之后，我又发现了一个新的天空，我撕开了一个口子，冒出来一片新的天空，发生这边的空气真新鲜，天太蓝了，以前的天都是灰色的，就是这种明显的感受。

写作者

《十八个中国》，是刘二囍在台湾读研究所时出版的第二本书，写的是他和友人眼中中国的十八个城市。这十八个城市，是刘二囍先后到过的地方。看刘二囍写城市，你会觉得，好像是一个建筑师在给你介绍一个城市，口吻理性，看到不爽的地方又会忍不住吐槽，有时又丢出几个段子。一点都不闷。

除了《十八个中国》，刘二囍还出版过几本书。大学毕业后，他写了一本记录大学时光、青春岁月的《青春是一场春梦》；在台湾读研时，他写了想让大陆人认识台湾的《亚细亚的好孩子——一个大陆学生视野下的台湾》，读过的人说他的文字"真实、直白、敢写、有深度"；在完成了徒步环游台湾的创举（第一个徒步环岛的陆生）之后，他将环岛经历写成了《陆人甲，路人乙》。

写作，是刘二囍从进大学后开始养成的一个爱好。在此之前，他和大多数中国的学生一样写着应试"八股文"。上大学之后，除了学业，不爱打游戏的他觉得应该找点事情填补业余时间。当时博客还是很流行的，爱看书的他就写起了博客，直到今天还在更新，尽管频率不如从前。

　　"当时写博客的一帮人，就剩下我还在更新吧。"刘二囍写的文章，大多是在记录生活。与他而言，最开始，文字是他消磨无聊时光，排遣心中烦闷的方式，"写完之后很舒服"。久而久之，就变成是"对人生的交代，不写的话很多事会忘记，人生会有很多空白。写下来是对过去的梳理，以后可以回味。"

　　写作也带给他更多的思考和感悟。写《十八个中国》的时候，对所写的十八个城市，刘二囍没有一个真正喜欢，但写完之后，他发现，"中国的城市太可爱了！现在，至少有九个是我喜欢，想去长住的。"

　　写得多了，遇到合适的机会，刘二囍就决定出书了，但他并不在乎书卖得好不好，"在内地肯定卖得不多，而且只是在我的店里才卖得好一点。"刘二囍的书店里，有一个书架是"店主的书"，满满放着他出版的四本书，有不少客人会看，会买，也许是"慕名而买"。

　　现在，虽然博客更新得少了，但在刘二囍的微博、1200bookshop

的微信公众号上，还是常常能看到他的文字。他喜欢写人，写人的故事，也很善于发现普通人身上的故事。他写"寄住"在书店的那两个"不想回家"的小孩，他写独立书店店主遗孀……他就像一个故事收集器。看到这些，我又想起了那部台湾电影《第36个故事》。

自称业余写手的他，坚持认为很多人其实都是不错的写手，很多人的文字值得让更多人看到，于是，他在微信公众号里开辟了"一念一记"专栏，征集稿件，还计划集结成出版物。

刘二囍说，虽然现在事情很多，很忙，但他还是会挤时间写作，也有新的出书计划。

"等回台湾，我还要去做一次深度环岛游，去跟不同的台湾人聊天，把他们对台湾的感受写下来。"

"我还要写第二本《十八个中国》，这次，是十八个新的城市。"

三明治问：写作、出书，对你来说是什么？

刘二囍：文字是对一个人的记忆的整理和对过去经历的一种永恒或者固化。一本书可以让你觉得有里程碑的意义，有更多的成就感，很多人都写字，但写着写着就不写了，出书让我觉得可以写下去。

二十四小时书店创办人

这次的动静有点大了。某一天，刘二囍发了一篇文章，说自己要开广州第一家二十四小时书店，为城市点亮一盏灯。"首家二十四小时书店"，消息一下子就传开了，书店还在施工，刘二囍就已经出现在羊城各大媒体上了，一直到今天，半年过去了，偶尔还能看到他出现在媒体上，有时候是头版，包括海峡对岸的台湾媒体。

而这是刘二囍没有想过的。

刘二囍对纸质书、对书店有一种情结吧，他本身是一个很念旧的人。2011 年，他看到很多独立书店做不下去，纷纷倒闭，就感到十分可惜，同时对那些仍在坚持的独立书店店主也感到很敬佩。

很偶然的一次，他从朋友口中听到台湾诚品二十四小时书店，当时觉得诚品"对阅读很有人情味，很向往"。"当时就想，等我有一定的实力后，比如说开到五家店之后，我有能力把它当一个不赚钱的事去做。"这个想法，提早一两年实现了。

环岛的时候，刘二囍就一直在计划着二十四小时书店的事。从台湾回来后，突然发现北京的三联书店已经做了二十四小时不打烊，他向身边的朋友说起自己的想法，"没想到这么多人感兴趣"，于是，很快地就找到了三十几个人，合伙把书店开起来了。按照惯例，刘二囍是最大股东，包办一切。

而书店的名字——一千两百 bookshop，源于那次走了一千两百公里的环岛之旅。走进"一千两百"，浓浓的怀旧和台湾气息扑面而来，刘二囍从母校华工淘回了一些旧书桌、旧书架，书架上，关于台湾的书有很多，从政治到文化，从历史到城市，从旅游到美食等等。

　　开了书店后，刘二囍很忙。媒体采访、讲座分享使得他频繁地出现在公众面前，成了一个小小的名人，也体会到了"走在路上被认出"的感觉。

　　"开始当然会觉得亢奋，但接着就是累，现在又觉得平静了。"但不可否认的是，三十岁，又是他人生的一个小高潮，因为做二十四小时书店。

　　"三十岁，这一年收获太多。"除了被更多人关注到，二十四小时书店与以前开咖啡馆不同，刘二囍"被迫"变成了一名管理者，要操心大小事务，内通外联。

　　记得第二次跟他聊天时，那会儿书店刚开一个月，刘二囍说，再过一个月，我就可以把事情交给他们，回台湾上（放）学（假）去了，但他只是在国庆期间短暂回了台湾几天。

　　对于经营二十四小时书店，刘二囍有自己的想法。只做书的书店是很难生存下去的，所以，他尝试把书店做成一个多元的文化空间。每周末零点，这里会有小型分享会，刘二囍和他的团队找到各种有意思有故事的人，从小区保安、士多店老板娘到背包客、作家……这里偶尔也有小型音乐会，来自普通人的小型展览……人和故事，是不可或缺的。

书店情结、怀旧情结、人文温情，是刘二囍身上很明显的特点，也一一烙印在他的每一件作品中，以及他的每一个身份中。因为怀念大学时代经常乘坐的 22 路巴士，他在学校附近开了 22bus cafe，吸引了很多学生；因为书店情结，在得知坚持了十六年的广州独立书店红枫叶因店主突然离世而被迫关闭时，他决定接手，现在，红枫叶和 22bus cafe 合体，变成了他的第二家二十四小时书店 22bookshop，常常有学生来刷夜……

"这几年，从学生、建筑师、店掌柜、写手，再到学生，身份在不断切换与交织，以致无法给自己定位。我永远无法预测遥远的未来，如同我无法改变转瞬的过去。我明白这其中无奈，但我更能捕捉这其中的欢快，每一段人生都是新生，这种感觉挺好。"这是刘二囍在台湾出版自己第二本书时的序言，他说，现在重读，依然贴切。

刘二囍不久前受母校华工邀请做了一场讲座，他在讲座上说："当时以为自己要做一辈子建筑师。其实人的职业生涯充满了变数，体验更多领域，人生会有更多收获。"随性，是刘二囍的本色。

他还回忆起，当年影响了他的建筑师王澍在开了"业余建筑工作室"后，对"业余"二字有这样的理解："业余这个词意味着一个因为兴趣而从事某项研究、运动或者行为，而不是因为物质利益和专业因素。对我而言，不管是一个工匠还是业余的，都是一样的。"

我忽然觉得，专注于"业余"，不就是刘二囍之所以成为一个个刘二囍？

Hazel

（本文首发于"中国三明治"——中国第一个创新人群故事平台）

不打烊书店掌柜：相信书店不会灭亡

"梦想是什么，梦想就是一种让你感到坚持就是幸福的东西。对于这一个诠释，我拥护不疑。"

大学是一场春梦　当的是建筑师还是画图师

1984 年，我出生在皖北一个小镇，2003 年考进了华南理工大学建筑系。多年之后我被媒体冠以"学霸"的称号，但其实那时自己的设计水平只在系里排中下游。我从不认为自己有朝一日能成为一个顶尖建筑师，那时也没想过会创业，只是心底希望年老后自己能有间咖啡馆。

比起创业，我更多的时间花在了写作上。在出版自己的第一本书《青春是一场春梦》时，即使没赚到钱却依然很雀跃。因为自己的文字得到关注和认可，因为找到一条建筑师之外我更擅长的道路。但毕业了，我还是按部就班进了一家国企性质的建筑设计院。

大部分的设计项目属于房地产公司，强势的甲方经常让我觉得自己不是在做设计，只是在被一群外行指挥干活。当时设计院的主任比我早入行六七年，年薪大约三十万至四十万，奔波而辛劳。看着他就像看着自己的未来。努力熬一熬，几年后可能就走到那个位置，可是即便熬到了，那种生活也不是我想要的。

不知不觉在设计院待了三年，拿攒下的二十万跟人合伙在天河城旁边开了我的第一间店"1930cafe"。很多人觉得开咖啡店一定要很懂咖啡，但直到现在我还对泡咖啡一无所知。其实只要找准地方，注重细节，营造一个舒服的环境，赋予其故事性和生命力，再雇个咖啡师就万事大吉了。把第一家店开在那里，首先因为当时就住在附近，想把它作为自己的精神后花园，其次天河城附近聚集多家公司，白领客流有保障。白天营业主要卖咖啡，到晚上转成主打鸡尾酒的清吧。

在开店前，我对经营管理一无所知，却误打误撞地盈利了。当甩手掌柜的日子很惬意，白天看看书上上网，晚上聊聊天喝喝酒，一年下来就有一笔还不错的收入，跟自己建筑系同学平均年薪差不多。于是，不到一年时间我又复制同样的模式在体育中心周边开了第二家店"1980cafe"。

背包环游台湾　回母校门口做生意

我逐渐放弃设计院的工作，将开店从副业变成主业，日子不亦乐乎。可我深知，生于忧患死于安乐，如果持续这样，我觉得自己会停止成长，开始有了危机感。正好台湾对大陆开放研究生申请，我觉得自己该出去看看不一样的世界，于是，抱着读个学位顺便度假的心态去了台湾东海大学。

在身临台湾之前，我列下四个心愿：出一本台湾相关的书，开一间台湾相关的店，来一场台湾环岛旅行，拿一个台湾硕士学位。徒步环岛旅行出发前一天，研究所同学林非往我手心里塞了一张纸，上面写满了他在台湾各县市的亲人的名字和联系电话。叮嘱我说，如果在相应的地方遇到难题可以找这上面的人寻求帮助。这种温情只是一个开端，一路下来，汹涌而来的恩惠和温暖让我多次动容。在台湾我感受到了足够的人情味，这也是我在广州做不打烊书店想要传递的。

一年半的时间，待在台湾，期间出了三本书，算超额完成；一千两百公里的环岛旅行也心愿得偿。学位总会有的，剩下的就是开一间台湾相关的店。这个念头还没成形，2014 年 2 月我在广州的第三家店就开张了。新店 22cafe 选在华南理工大学附近，等于是回到母校做生意。

22cafe 有四个股东，另外三个都是我的大学同班同学，俨然我们成了山寨版的中国合伙人。在签下铺子的前一天晚上，我特意看了《中国合伙人》，里面有句台词是："梦想就是一种让你感到坚持就是幸福的东西。"回到母校和做生意一样重要，缺一不可。我是个有校园情结的人，但毕业几年再走在学校里，感觉自己已经跟这个地方被迫割裂，只是沦为了一个过客和旁观者。借着开店，毕业六年后我又名正言顺地重新走进校园，重新接上地气。

22cafe 的店名源于 22 路公交车，那路公交在五山地区服役五十九年，在情感上我对它有依恋。开业前我已经知道 22cafe 必然不会成为给我带来最大利润的那一间店，即便是我投资最多的一间，但它一定会是最有贡献最有精神深度的一间店，这是我爱它的原因。

开第一家不打烊书店　为广州点一盏不熄的灯

改变来得太快太急，仅仅三个月后我就以广州第一家不打烊书店的掌柜身份迅速且高频走进公众的视野。近年实体书店纷纷凋零，大家也都觉得卖书是件赔钱赚吆喝的事，我却逆流而上在体育中心这种高租金地段开了家二十四小时的书店。有些人对书店抱着期待，有些人是看热闹，有些人则等着我什么时候赔本收拾铺盖走人。

开书店确实是个烧钱的生意，我找了三十个股东筹齐一百二十万。众筹时已经打好预防针，书店生意不可能赚到大钱，要做好月亏一万到两万的准备。整个 7 月我的生活都被 1200bookshop 充斥着，没有专业的团队，很多事情需要我自己亲力亲为。由于缺乏经营书店的经验，书的量和质都距离我的期待有大段距离，这致使我要频频面临一些人的微词。我为此焦虑难眠，时常陷入抓耳挠腮力不从心的局面。而作为一个乐于写字，喜于阅读的人，带着对书的情怀开了一间书店，结果所专注的事变成了卖书。本来只是自己玩一下，开心就行的事，却衍变成了一个任务，要为整个城市交一份不错的答卷。

同时，作为1200bookshop的掌舵手，我被推向了代言人的位置。媒体约访扑面而来，起初一个月，只要带有我的报道我都会搜集来欣喜阅览。现在多了几分从容和疲惫，欣喜褪去，接受采访更多变成一项工作内容。

很多人来1200bookshop第一眼关心的都是这家店如何盈利，仿佛赚钱才是它存在和成功的意义。现实问题是每月租金四万多元，书店月入十二万才能不亏本。但对我来说1200bookshop成不成功，现在没有定论，因为没有界定它成功的标准。

我想做的是一家有温情的书店，把我在台湾收获到的温暖反哺给更多人，而不是单纯的售卖商品。比如有一个女孩半夜三点冲进来，因为和男朋友吵架她摔门而去，却发现整座城市没有容身之所。这时候1200bookshop亮着的灯跟免费的沙发收留了她。有些人拖着大行李箱上来，连咖啡都不需要点，就在免费阅读区坐整晚，等待第二天继续行程。

开第二间不打烊书店　大学生团队共同创业

距离1200bookshop开业刚好两个月，我决定要去做广州第二间二十四小时不打烊书店 22bookshop。一直认为，一间好书店是一所好高校的标配，但在华工华农华师暨大聚集的五山连一间知名的书店都没有。我动了改造五山既有咖啡馆的念头，尝试去把一间单纯的咖啡馆转型为一间兼做咖啡的书店。

比起平地建一间书店，转型的成本要低得多。因为书店要面向大学生群体，对我一个已经与校园脱节多年的人显然是个陌生地带。因此这次转型资金以对外股份招募的形式实现，团队建设则全部由大学生组成。筹备转型期间，我听闻购书中心经营多年的红枫叶书店停业的消息，老板张先生因脑溢血去世。我们怀着对独立书店坚守者的敬意，对理想主义的传承，接收了红枫叶书店留下的码洋十万的图书，目前，计划将这些书以全价出清后，利润全部交给书店老板家人。

相信书店不会灭亡　寻找合适的商业空间

现在我们已经有自己既有的经营模式，免费阅读区，沙发客收留，餐饮兼售。1200bookshop 平均每晚有二十人至三十人通宵阅读，周五六晚上几近百人。我必须承认自己是个不善于管理的人，两月以来经历了许多酸楚。这年头靠谱的人挺少，我经常半夜回家还要自己列书单，大小事务亲力亲为，加上购书渠道一度不顺畅，为了保证书店各方面的品质非常辛苦。

面对外界种种质疑，我也曾对股东们说，如果有天书店真正亏损严重，我可能会提高店内最低消费的额度，不再设免费阅读区，开始接受预订座位。这种模式已经被我前两家店证明是绝对盈利的，但如果这样做，这家书店就失去原本开办的初衷，变成一个冰冷的商店。所幸1200bookshop已经开始盈利，虽然三分之二的收入来源于咖啡。为了改善出品，我还特地花几万块钱购买新的咖啡机。

9月26日，22bookshop开始试运营。虽然它是1200bookshop的五山分店，我更愿意让它继续传承22公交车的记忆。我已经做好它会连亏一年的准备，但相信它不会一直亏下去。只要它在高校学生中有了口碑，来年的新生们都会从师兄师姐那里听说有这样一家书店。只要我们坚持做下去，像22路公交车一样，万一不小心也能存在五十九年，那就也可以变成几代人的记忆。

我对书店的未来还抱有信心，只是还需要时间寻找合适的商业空间。也许两家书店会开发出一些文化周边产品，办一些文化沙龙等等。关于书店未来的走向和我个人，理论上有两个迥异的方向选择，一是做这个书店亲力亲为的掌柜，营造一个小于我的世界，每天自己清点和陈列书籍，对每一个客人微笑，听不同人的故事，结交自己喜欢的人，无视一些经济的诱力和客人的不满意，过着近似春暖花开面朝大海般的恬静生活。另一个方向，做一间公司的管理者，设法调整自己与市场接轨，健全规章制度与出入货流程，塑造品牌，抓住时机扩大规模扩张数量，成为业界为人称颂的连锁标兵。对目前的我来说，究竟要偏向哪个方向，我也无法权衡。

（摘自腾讯大粤网　蒋隽　陈小敏）

感谢青春。